Catherine May

IM KLEINEN SCHWARZEN
Teil 2

Erotische Erzählung

Crossdresser-Erzählungen
Band 4

Bibliographische Information der Deutschen Nationalbibliothek:
Die Deutsche Nationalbibliothek verzeichnet diese Publikation
in der Deutschen Nationalbibliografie. Detaillierte bibliografische
Daten sind im Internet unter http://dnb.dnb.de abrufbar.

© 2016 Catherine May
Herstellung und Verlag:
BoD – Books on Demand, Norderstedt

ISBN: 978-3-7431-2847-7

Überraschung – was bisher geschah

Da stand er nun – nachdem er aus einem seltsamen Gefühl der Neugier, der Spannung, der Erregung heraus Dessous seiner Frau angezogen hatte; nachdem er von ihr erwischt worden war; nachdem er sich herauszureden und die Situation wieder in den Griff zu bekommen versucht hatte; er war überrumpelt worden von dem entschiedenen Wunsch seiner Frau, mehr zu erfahren, war von ihr erst in Kleider, dann zu einer Shopping-Tour gezwungen worden; er hatte sich immer wieder zu wehren versucht gegen dieses lächerliche Verkleidungsspiel, das ihm schnell entschieden zu weit gegangen war: schließlich war er in Frauenkleidern in der Öffentlichkeit herumgelaufen! Alle hatten sehen können, dass er einen BH und Seidenstrümpfe trug, aber alle hatten auch sehen können, dass er ein Mann war! Und dabei hatte es sogar geschienen, als würde es Eva geradezu darauf anlegen, jedenfalls hatte sie ihn fast mit Absicht in peinliche Situationen gebracht.

Er hatte sich schließlich zu Widerstand entschlossen, wobei er das Risiko in Kauf hatte nehmen wollen, seine Frau zu verärgern, sie möglicherweise sogar zu verlieren; hatte nur ein einziges Mal diese wahnsinnig verführerischen Stiefel mit den hohen Absätzen anziehen wollen, einschließlich des passenden Kleids und der entsprechenden Dessous – und war diesmal von sich selbst überrascht worden, von dem bisher nie gekannten, wunderschönen Gefühl einer inneren Einheit, als er so angezogen vor dem großen Spiegel gestanden hatte: Alex hatte feststellen müssen, dass er sich in diesem Outfit so wohl fühlte, wie es noch niemals zuvor geschehen war; dass er darin auf geheimnisvolle Weise *vollständiger* war als in seiner gewöhnlichen Kleidung. Er war von dem Gefühl regelrecht überwältigt worden.

Da hatte er spontan beschlossen, diesen Weg doch noch ein Stückchen weiterzugehen. Er hatte mehr herausfinden wollen – oder ganz einfach doch noch nicht heraus wollen aus diesen Kleidern …

Er hatte sich vorgenommen, es seiner Frau zu sagen: ihr mitzuteilen, dass er ihrem Wunsch entsprechen und doch noch ein wenig länger diese Kleidung tragen würde, in die sie ihn hineingezwungen hatte.

Doch er hatte es ihr nicht zu sagen brauchen: Sie hatte ihn beobachtet, hatte alles gesehen und früher als er selbst erkannt, dass sie noch sehr viel weiter würde gehen können mit ihrem Wunsch, ihren Mann in Frauenkleider zu stecken, zu dessen Verwirklichung er ihr so unbedacht die Möglichkeit gegeben hatte.

Daraufhin hatten sie sich im Wohnzimmer wieder getroffen, mit Sekt. Alex war noch immer festlich gekleidet gewesen, hatte noch die schwarzen Stayups mit dem wunderschönen Spitzenrand getragen, das passende Höschen, in das sich der Keuschheitsgürtel, den Eva ihm angelegt hatte, mehr schlecht als recht eingepasst hatte, und den schwarzen BH mit Silikon-Einlagen; noch immer hatte er das schwarze Seidenunterkleid und darüber das Kleine Schwarze getragen – und dazu diese wunderbaren, heißen, schwarzen Lederstiefel mit den zehn Zentimeter hohen Absätzen, die ihn sich so überraschend anders fühlen ließen: sexy, elegant, zu Hause. Er hatte festgestellt, dass er sich darin ganz anders bewegte als in seinen normalen

Klamotten, graziöser, bewusster, aufreizender. Er setzte die Füße sorgfältig vor-, nicht nebeneinander, hielt die Knie eng beieinander und möglichst nach hinten durchgedrückt, knickte in der Taille leicht ab und wackelte mit dem Hintern. Er hatte sich *gut* gefühlt in dieser absurden Situation.

Er war darauf eingestellt gewesen, mit Eva anzustoßen und sich ein wenig darüber zu wundern, dass er in dem Kleid gar nicht so lächerlich aussah, wie er es befürchtet hatte – da hatte ihn Eva, die ihn inzwischen nur noch ‚Marie' nannte, mit der Frage überrascht, ob er – so wörtlich – ihre *Frau* werden wolle.

Alex war perplex gewesen. Er hatte geglaubt, sie nicht richtig verstanden zu haben. Blitzartig hatte er sich fragen müssen, was sie mit dieser kryptischen, offensichtlich aber ganz ernst gemeinten Frage *tatsächlich* gemeint hatte – *eine* Frau, *meine* Frau? Er hatte nicht erkennen können, was die Frage beinhaltete, vor allem: welche Konsequenzen sich daraus für ihn möglicherweise ergeben würden. Ob sie überhaupt ernst gemeint sein *konnte* oder ob Eva nun gleich in Gelächter ausbrechen und damit anzeigen würde, dass die Frage als *Scherz* gemeint gewesen war. Aber ihm war schlagartig unwohl geworden, denn er hatte gespürt, dass sich etwas zusammenbraute ...

Die Frage hatte natürlich keinen Aufschub geduldet, und über eines war er sich kurz zuvor klargeworden, auch wenn er selbst es noch immer nicht hatte glauben können: das, was er gerade erlebt hatte, hatte ihm gefallen, das wollte er öfter erleben, immer wieder, er wollte das Experiment noch nicht beenden. Und Eva schien dies ebenfalls zu wollen.

Also hatte er einfach „Ja" gesagt. Hatte ignoriert, dass er Eva in den vergangenen Stunden ganz neu kennengelernt hatte; dass er es vorher niemals geglaubt hätte, dass soetwas würde passieren können: dass sie ihn in Frauenkleider stecken und ihm den Rückweg so konsequent verstellen könnte, dass er ihn nicht wiederfinden würde. Er hatte sich eingeredet, dass alles gut werden würde, nur ein Spiel sei, das irgendwann auch wieder zu Ende gehen würde. Auch wenn er in seinem tiefsten Innern daran nicht glauben konnte.

Dann hatten sie sich geküsst, hatten miteinander angestoßen und das Handtuch, das Eva noch immer als einziges Kleidungsstück getragen hatte, hatte sich gelöst und war zu Boden gefallen.

Und Alex war erstarrt.

Um ihre schlanke Taille hatte Eva ein mit Nieten besetztes, ledernes Taillenkorsett getragen. Daran war ein schwarzer, in allen Einzelheiten ausgearbeiteter, bis auf die schwarze Farbe vollkommen realistisch wirkender Dildo befestigt gewesen, der, vom Gewicht des Handtuchs befreit, aufreizend hoch und nach vorn gesprungen war, direkt auf ihn, auf Alex, vielmehr: auf ‚Marie', zu.

Für einen Moment hatte Eva sichtlich die Wirkung genossen, die der Anblick auf ihn hatte. Dann hatte sie das Sektglas gehoben, es in einem Schluck geleert und gesagt: „Dann, meine liebe, kleine Marie, tu, was ein gutes Mädchen mit ihrem Verlobten tut, wenn er müde und abgespannt von einem anstrengenden Tag nach Hause kommt! Und mach es gut! Ich kann es wahrhaftig gebrauchen!"

Ende des Spiels

Da stand er also nun – mit einem Sektglas in der Hand, an dem deutlich die Spuren der rot geschminkten Lippen einer Frau zu erkennen waren, mit einem wohlproportionierten Busen vor seiner gewöhnlich eher flachen Brust, mit frisch rasierten und eingecremten Beinen in schwarzen Seidenstrümpfen und entsprechenden, mehr als verführerischen Dessous, mit einem verschlossenen Keuschheitsgürtel um sein bestes Stück, im Kleinen Schwarzen, in aufreizenden Stiefeln mit atemberaubendem Absatz – gerade noch begeistert und für einen Augenblick zu allem bereit, was er sich in seiner Unschuld hatte vorstellen können.

Und nun das!

Mit einem Schlag war die Trance, in der sich Alex zu befinden geglaubt hatte, wie weggeblasen. Eben noch hatte er gemeint, all dies sei eine Art Traum, auf bisher ungekannte Weise traumhaft schön und so erotisch, wie er es kaum für möglich gehalten hatte; er hatte sich gefühlt, als sei er aus der Fremde zurückgekehrt, als hätte er – zumindest für einen Augenblick – zu sich selbst gefunden, als würde er schweben und gemeinsam mit Eva in eine unbekannte Märchenwelt aufbrechen. Es hatte ihn nicht gestört, dass er darin offensichtlich mehr Prinzessin als Prinz sein würde, ganz im Gegenteil: das war ihm gerade als ein wesentlicher Teil des Abenteuers erschienen.

Doch mit einem Schlag war diese Vision und mit ihr die märchenhafte Leichtigkeit wie weggeblasen. Nun fragte er sich, ob Eva verrückt geworden war. Ob er diese Frau überhaupt kannte. Sie konnte doch nicht allen Ernstes von ihm verlangen, dass er sich vor sie hinkniete und, noch dazu in dieser Verkleidung, einen riesigen, schwarzen Gummi-Dildo lutschte wie ... wie eine Nutte! Oder wie eine Sexsklavin! Bis jetzt war alles noch ein Spaß gewesen und er hatte sich gerade erst hineinzufinden begonnen. Aber das?!

Das ging zu weit!

Das war eindeutig mehr als ein Spiel.

Alex fühlte Evas Blick auf sich gerichtet. Sie stand da mit ihrem leeren Sektglas in der Hand und starrte ihn an. Sie sah nicht aus, als wenn sie gleich alles als Scherz bezeichnen würde. Sein Blick glitt von ihrem Gesicht wieder hinab zu diesem riesigen, auffällig geäderten, pechschwarz glänzenden Ungetüm.

Ein Mädchen machte schon einmal soetwas – einen Jungen in Mädchenkleider stecken. Daran hatten Mädchen offensichtlich ihren seltsamen Spaß

Aber doch nicht daran, dass der Junge in Mädchenkleidern sich dann vor sie hinkniete und ihren an einem Strapon befestigten Gummidildo lutschte.

Oder doch? War das vielleicht ein immer schon gehegter, heimlicher Wunsch seiner Frau? Gab es nicht dieses seltsame Wort vom ‚Penisneid'? Hörte man nicht immer wieder davon, dass Frauen Männer um ihren Penis beneiden, dass sie sich selbst wie kastriert und damit minderwertig fühlen? Dann wäre ein Strapon mit Dildo gewissermaßen der unbewusste Versuch, sich selbst zu vervollständigen, und dazu könnte auch der Wunsch gehören, dass der künstliche Penis genutzt wurde wie ein natürlicher.

Und im Umkehrschluss ...

Alex überlief es eiskalt. Er sah Eva wieder in die Augen. Sie starrte ihn unverändert an. Leicht drückte sie nun die Taille nach vorn, so dass sich der Dildo ihm noch provozierender entgegenstreckte.

Im Umkehrschluss hieß das, dass es sein könnte, dass sie den Mann seines Penis' berauben wollte, um ihn sich selbst gleich zu machen – wenn sie schon nicht ‚vollständig' sein konnte, dann sollte er es auch nicht sein!

Alex wurde es unheimlich zumute. Immerhin trug er schon jetzt einen Keuschheitsgürtel, der Schlüssel dafür hing an einer zarten Kette um Evas Hals. Schon jetzt hatte sie die Kontrolle über sein bestes Stück übernommen, hatte ihm die Macht über seinen eigenen Penis genommen. Und als sie das getan hatte, hatte es durchaus nicht nach einem spontanen Einfall ausgesehen, nach einer nur flüchtigen Laune! Auch da war er schon irritiert gewesen angesichts der Tatsache, dass Eva ihm plötzlich so fremd vorkam, dass er sie kaum wiedererkannte.

Das waren sicherlich alles nur psychologische Theorien, die ihm da blitzartig durch den Kopf schossen. Aber irgendwie stimmte das Bild: Wie Eva dastand mit diesem nietenbesetzten Leder-Strapon und dem Wunsch, dass er, den sie zuvor in diese Mädchenkleider gesteckt hatte, diesen künstlichen Penis ‚wie ein Mädchen' behandeln sollte, dazu ihr seliges Lächeln. Sie sah aus, als wenn sich nun ein langgehegter Wunsch erfüllen würde, ein tiefsitzender Wunsch – denn wo kam es so plötzlich her, dass sie sich so problemlos in die neue Rolle fand und von dieser gar nicht wieder lassen wollte, selbst angesichts der Tatsache, dass Alex sichtlich zurückschreckte? Und was würde sie schließlich davon haben, wenn Alex ihren Dildo blasen würde – körperlich konnte sie auf diese Weise keinerlei Lust empfinden, glaubte Alex. Das war so, als wenn sie seinen Silikonbusen gestreichelt und an den falschen Nippeln gelutscht hätte in der Hoffnung, dass er einen erotischen Reiz dabei verspürte.

Eva, das wurde ihm schlagartig klar, wollte eine Grenze überschreiten, und er hatte keine Ahnung, wie es dahinter aussehen würde – und ob er hinter diese Grenze wieder würde zurückkehren können. Das war vielleicht wie Republikflucht aus der DDR: nur in die *eine* Richtung möglich.

„Na?", hörte er Eva plötzlich auffordernd fragen, „willst du deinen Verlobten nicht ein bisschen verwöhnen? Oder willst du ihn ärgern?"

Eva ließ das Sektglas ganz langsam sinken und stellte es auf den niedrigen Couchtisch. Dann machte sie zwei Schritte auf Alex zu, legte ihm die Hände auf die Schultern und drückte ihn nach unten.

Alex wusste nicht, wie ihm geschah. Was würde hinter der Grenze sein? Was würde passieren, wenn er tat, was sie verlangte? Er fühlte Panik in sich aufsteigen. Sie würde dann doch nicht Ruhe geben! War nicht dies der Punkt, an dem er die Sache wieder selbst in die Hand nehmen musste? An dem er sich energisch weigern müsste, weiterzugehen? Kleider, Strumpfhose, Dessous und Stiefel von sich werfen, seine Stellung als Mann wieder einnehmen?

Aber die Kleider, die Strümpfe, die Stiefel und ihre überraschende Wirkung auf ihn hatten ihn verunsichert. Er war bereit, versuchsweise auch einmal die Prinzessin zu sein, nicht der Prinz. Und er spürte die Hände auf seinen Schultern immer schwerer werden.

Schließlich war es nur ein ganz leichtes Nachgeben und er ging in die Knie – was auch wegen der hohen Absätze ein ganz neues Gefühl war, eines, das er instinktiv als dezidiert *weiblich* empfand. Er sah, wie der Dildo auf ihn zukam und war so verwirrt, dass er gänzlich unfähig war zu einer Entscheidung oder gar zu Widerstand. Er roch Eva, nahm ihren Duft auf, der ihm ungewohnt intensiv vorkam, und spürte seine Knie den Boden erreichen – und immer diese Stiefel, die seine Waden umfingen und mit den hohen Absätzen die Füße in eine erregende Position zwangen. Nun hatte er den Dildo fast in Augenhöhe vor sich.

Eva legte eine Hand auf seinen Hinterkopf. „Braves Mädchen", sagte sie und schon spürte er, wie die Hand seinen Kopf sanft auf den Dildo zu drückte. „Und nun blas ihn, mein Mädchen!"

Immernoch roch er Eva – doch dann mischte sich ihr Duft mit dem immer intensiver werdenden Geruch von Gummi. Und schon berührte die künstliche Eichel seine Lippen.

„Komm, mein Schatz," hörte er Eva flüstern, „mach deinen süßen Mund, die roten, roten Lippen auf und verwöhn mich! Ich glaube, ich habe es verdient."

Alex zögerte noch einen Moment.

„Komm, mein Mädchen, blas ihn! Sei ein braves Mädchen!"

Der Dildo drückte inzwischen schmerzhaft gegen Lippen und Zähne. Eva gab nicht nach. Der Druck wurde immer größer.

„Komm, mein heißes kleines Sexspielzeug! Mein Mädchen! Sei brav und verwöhn mich!"

Da gab er den Widerstand auf.

Und während der Dildo in seinen Mund eindrang und die Zunge dazu zwang, irgendetwas zu tun, spürte er, wie sich etwas in ihm veränderte. Er liebte Eva, das wusste er. Ihr Duft, die Wärme ihrer Hand, ihre makellose Haut, die er bald mit der Nase berühren konnte, bewirkten, dass er seine Abneigung und das Gefühl der Erniedrigung verdrängte. Warum ihr nicht den Gefallen tun? Er gefiel ihr so, wie er war, sie fand ihn sogar ‚heiß' – er *machte* sie heiß in diesem Outfit! Warum nicht ihren Wunsch erfüllen und das Spiel mitmachen? Wenn es ihr doch Spaß machte! Und wenn sie ihn so wollte!

Und irgendwie erregte es ihn sogar. Er spürte, wie ihm das PVC-Rohr um seinen Schwanz unangenehm eng wurde. Da tat sich etwas in seinem Schritt, das er nicht erwartet hätte ...

Ganz langsam begann er, sich in seine Rolle einzufühlen. Er legte die Lippen enger um die Gummihaut und begann, die Bewegungen, zu denen ihn Evas Hand bisher gedrängt hatte, aus eigenem Antrieb mitzumachen. Vor und zurück ... Er wusste ja, wie er es machen musste, damit es guttäte. Eva hatte es oft genug bei ihm selbst gemacht und auch er hatte es heiß gefunden, den Gipfel der Genüsse.

Er stellte sich seine mit Lippenstift geschminkten Lippen vor, wie sie an diesem Penis auf und ab fuhren. Er setzte vorsichtig seine Zunge ein, erspürte die Eichel, leckte an ihr. Er nahm seine Hand zu Hilfe, legte sie um den geäderten Schaft, begann dann, auch mit ihr die Bewegungen zu begleiten und stellte sich vor, dass Eva gerade von diesen Bewegungen vielleicht doch etwas spürte. Langsam verstärkte er sie.

Längst hatte er die Augen geschlossen und fühlte daher umso intensiver, ob seine Bewegungen richtig waren. Evas Hand war inzwischen von seinem Kopf verschwunden, dafür hörte er nun ihren Atem, der lauter wurde und schneller ging. Nach einiger Zeit ging sie in leises Stöhnen über und er hörte, wie sie ihn anfeuerte. Immer wieder sagte sie „mein Mädchen, mein Sexspielzeug!", einmal sogar „meine kleine Nutte!" und forderte ‚Marie' auf, schneller oder kräftiger zu sein. Er war sich nicht sicher, ob sie irgendetwas spürte oder ob sie es nur spielte, aber in seinen Ohren klang ihr Spiel vollkommen überzeugend. Und die Fantasie konnte schließlich eine ganze Menge bewirken. Und wenn er sich vorstellte, wie das Bild aussah, das sie beide gerade abgaben – ein vollkommen überzeugendes Bild, wie ein Mann im Outfit einer knackigen, jungen Frau in devoter Haltung eine schöne, genießerisch stöhnende Frau mit einem künstlichen Dildo am nietenbesetzten Lederstrapon blies –, dann wurde ihm noch heißer!

Er konzentrierte sich noch mehr darauf, alles richtig zu machen, fühlte noch immer ein ganz leises Gefühl der Demütigung; auch dass sein Schwanz ganz offensichtlich erregt war und zu wachsen versuchte, es aber nicht konnte, weil da dieses PVC-Rohr war, das Eva ihm angelegt hatte, demütigte ihn. Aber nun war er entschlossen, diese Erniedrigung durch umso überzeugenderes Handeln zu übertönen. Wenn es ihr doch Spaß machte! Und sie stöhnte so überzeugend und feuerte ihn immer lauter an, so dass es auch ihm Spaß zu machen begann, dass er es heiß fand diese Vorstellung des Perversen: er als Sexspielzeug in Frauenkleidern in voller Aktion!

Plötzlich spürte er, wie sie mit beiden Händen seinen Kopf ergriff und ihm einen neuen Rhythmus vorgab. Die Bewegungen wurden zunächst immer schneller und schneller, dann begann sie, zusätzlich den Dildo aktiv in seinen Mund hineinzustoßen und dazu „ich fick dich, mein Mädchen!" zu stöhnen – und dann plötzlich stieß sie ihn ganz tief in seinen Mund hinein und hielt in der Bewegung inne, als er ganz hinten in seinem Rachen angekommen war.

Und da spürte er, wie Evas Unterleib erzitterte. Das Zittern schien ganz tief aus ihr heraus zu kommen und sich in ihrem Körper in konzentrischen Kreisen auszubreiten. Von außen war es kaum zu spüren, aber kurz bevor Alex die Luft ausging, weil selbst seine an ihren Unterleib gepresste Nase keine Luft mehr durchließ, überlief es sie wie ein unkontrollierbarer Schauer und sie seufzte erleichtert auf.

Dann lockerte sich der Griff um seinen Kopf und Alex konnte wieder atmen.

Nach einiger Zeit, die Alex wie eine Ewigkeit vorkam, zog Eva den tropfnassen Schwanz aus seinem Mund heraus und sank auf das Sofa nieder. Sie hielt die Augen geschlossen, die Beine gespreizt, so wie es ein Mann ‚danach' getan hätte. Der Dildo stand weiterhin steif von ihrem Körper ab.

Alex kniete noch immer auf dem Boden und sah Eva an. Er sah, wie schön sie war und wieviel Genuss ihr dieses Spiel bereitet hatte. Sie sah gut aus, vollkommen glücklich. Wenn das so war, war die Erniedrigung erträglich. Er konnte nicht verhindern, dass er sich zu schämen begann, als er an sich herabblickte, aber wenn sie es genossen hatte, dann gehörte das eben zum Spiel und er war bereit, es zu ertragen. Und schließlich waren die Kleider, die er trug, wunderschön, noch nie hatte er so schöne, sich so gut anfühlende Kleidung getragen, wie er plötzlich dachte – und so erregende!

Langsam stand er auf. Kurz überlegte er, ob er hinaufgehen und sich umziehen sollte. Das Spiel war zu Ende. Ein wenig bedauerte er es sogar. Er selbst war nicht gekommen, spürte die dazugehörige Frustration. Aber er fühlte auch das Leder der Stiefel an seinen Waden, den Nylonstoff an den Beinen, das Kleid sich eng an seine Taille anlegen. Das alles hatte er genossen und fast hätte es ihn sogar dazu verleitet …

Aber nun musste Schluss sein. Er musste die Frustration loswerden und dann den geordneten Rückzug in die alte Welt antreten. Die Grenze … er wusste noch immer nicht, was dahinter war, aber noch war sie, wie ihm schien, nicht endgültig überschritten und es war gut, dass das so war. Es gab noch ein Zurück. Nun würde er in sein altes Leben zurückkehren.

Er drehte sich langsam um und ging in Richtung Treppe. Er würde es sich eben selbst machen und sich dann diese Kleider wieder ausziehen und …

„Wo willst du hin, Marie?"

Alex wusste nicht, ob er diese Frage erhofft oder gefürchtet hatte. Immerhin hatte er mit ihr gerechnet. Er setzte den Fuß auf die unterste Stufe.

„Ich gehe mich umziehen."

Die zweite Stufe.

„Warum?"

Alex drehte sich um.

„Das war's doch nun, oder nicht? Das Spiel ist zu Ende."

„Welches Spiel?"

Bis hierhin hatte Alex den Dialog schon im Vorhinein planen können, aber diese Frage hatte er nicht erwartet.

Er zögerte. Aber er konnte nicht absehen, was jetzt passieren würde.

„Unser neues, kleines Sexspiel."

„Wie kommst du darauf, dass es ein Spiel war?"

„Ich ... ich habe es so verstanden. Ich meine: sieh' mich mal an. Und sieh' *dich* an."

„Und?"

„Das sieht doch *sehr* nach Spiel aus, oder nicht?"

„Nein."

„Nicht?"

„Ach, Marie, willst du mir jetzt wirklich den Spaß verderben?"

Eva setzte sich aufrecht hin, wie nur sie es konnte, nahm das Handtuch und schlang es sich wieder um ihre Brüste. Sie legte ihre Hand neben sich auf den Sofasitz und klopfte ein paarmal darauf.

„Komm her."

Alex verließ zögernd die Treppe und setzte sich neben Eva auf das Sofa, wobei er instinktiv die Knie eng zusammen hielt und auf diese Weise ein sehr züchtiges Bild ergab. Und er musste heimlich zugeben, dass er es genoss, wie sich das anfühlte. Eva hatte ihn aufmerksam beobachtet.

Doch ihr nächster Satz klang wie ein Schlag ins Gesicht.

„Du hast mich betrogen."

Alex wandte sich ihr ruckartig zu und riss die Augen auf. Doch an einer Entgegnung hinderte sie ihn, indem sie ihm zuvorkam.

„Anders kann man das doch wohl nicht nennen. Du führst ein Doppelleben, hast deinen Spaß mit einer anderen Frau" – wieder hinderte sie ihn am Widerspruch – „die du selbst spielst. Und was dem Ganzen die Krone aufsetzt: du benutzt dazu *meine* Kleider! Während ich bei der Arbeit bin, ziehst du dich an wie eine Frau und lebst zweifellos die Fantasien aus, von denen du meinst, dass du sie mit mir nicht ausleben kannst. Vermutlich befriedigst du dich sogar mit einer Intensität, die ich dir, wie du meinst, nicht mehr verschaffen kann. Wenn das kein Betrug ist, weiß ich nicht, was Betrug ist.

Dabei hast du nicht einmal gefragt, ob ich deine Fantasien nicht mitausleben will, ob es mich nicht auch anmachen würde, was dich offensichtlich anmacht."

Wieder versuchte Alex etwas zu sagen, doch er kam nicht dazwischen.

„Aber ich habe beschlossen, dass ich dir das nicht verübeln will. Schließlich steckt darin ja auch eine Chance für uns beide. Ich glaube nämlich, dass deine und meine Fantasien, die bisher unausgelebten, durchaus nicht so weit voneinander entfernt sind. Du musst dir also keine Sorgen machen, dass ich ein *Opfer* bringe, wenn ich dir sage, dass ich dir helfen will. Nein, ich werde auch meinen Spaß haben, glaub mir.

Und du hast es mir ja auch versprochen: Du willst meine *Frau* werden. Das hast du vor nicht ganz einer halben Stunde gesagt! Du hast es mir versprochen und wirst dieses Versprechen nicht nach einer halben Stunde schon wieder rückgängig machen wollen, oder?"

Eva legte ihre Hand auf Alex' Oberschenkel und streichelte langsam den Nylonstoff und die Haut darunter. Die Hand bewegte sich langsam nach oben.

Alex fiel gerade keine Entgegnung ein.

„Und warum solltest du auch. Bisher haben wir doch schon eine Menge Neues entdeckt und hatten unseren Spaß." Sie sah in seinen Schritt und machte sich offensichtlich den Keuschheitsgürtel bewusst. „Okay, du vielleicht nicht ganz so viel wie ich. Aber den hattest du ja offensichtlich auch schon ohne mich ausgiebig und ich habe einigen Nachholbedarf, das kann ich dir sagen. Da ist der kleine Keuschheitsgürtel nur gerecht! Schließlich war *ich* im Gegensatz zu dir treu – und das habe ich nun davon!"

Erneut hinderte sie ihn am Widerspruch, stattdessen ließ sie ihre Hand langsam bis zum Saum des Kleids fahren und hob diesen mit den manikürten, lackierten Fingernägeln an.

„Und wir werden noch mehr Spaß haben, glaub mir. Denn das ‚Spiel' mag vorbei sein, ja, da hast du sicher recht. Aber der ‚Spaß' beginnt jetzt erst. Es sei denn, du wolltest mir den Spaß verderben und aussteigen. Aber dann, liebste Marie, solltest du den Koffer mit den schmuddeligen, fremden Kleidern nehmen, der in der Garage steht, solltest dich in das versiffte, kleine Auto setzen, das draußen auf der Straße steht, und abfahren – wohin, ist mir egal, Hauptsache weg von hier!"

Eva war plötzlich sehr ernst geworden. Ihre Hand lag noch immer auf Alex' Oberschenkel, jedoch ohne sich weiter zu bewegen. Ihre Augen waren groß geworden und die Stimme hart und bestimmt.

„Hast du mich verstanden?"

Alex zögerte schon wieder. „Ich ...", begann er, „ich weiß nicht recht."

„Dann will ich es noch einmal ganz deutlich sagen: Nach diesen ungeheuerlichen Ereignissen, die gerade aufgedeckt wurden, lebt in diesem Haus von nun an ein Paar, das neu anfangen will und sich gerade verlobt hat: Eva und Marie. Die beiden sind sehr unterschiedlich, das gebe ich zu, und soeben erst wurde der besagte Betrug aufgedeckt. Deshalb macht dieses Paar gerade, noch vor der Hochzeit, seine erste Krise durch, die damit enden kann, dass die kleine Marie tränenüberströmt und mit all ihren Sachen – die in einen einzigen, schmuddeligen Koffer passen – fluchtartig das Haus verlässt und nie mehr wiederkehrt. Oder die beiden vertragen sich wieder, vereinbaren eine neue, zugegeben etwas ungleiche Rollenverteilung, weil die kleine Marie ihren Betrug wieder gutzumachen versucht, und werden von nun an ihrer baldigen Hochzeit entgegengehen ... als Frau und Frau!"

Evas Hand fuhr langsam unter den Saum des Kleinen Schwarzen und näherte sich von dort Alex' Schritt.

„Wie lange willst du das durchziehen?", fragte Alex plötzlich sachlich. Selbstverständlich verstand er das alles noch immer als Spiel, aber er hatte begriffen, dass Eva es länger spielen wollte als nur bis zu ihrem ersten Orgasmus.

Eva lächelte und fasste unter dem Kleid nach der Kunststoffhülle um Alex' Penis. Sie rüttelte ein wenig daran.

„Wie lange?" Sie lachte laut auf. „Ich weiß noch nicht. So lange, wie ich daran Spaß habe. Im Moment jedenfalls habe ich ziemlich viel Spaß daran und" – ihre Stimme wurde wieder härter – „du kannst mir glauben, dass ich mir den nicht verderben lasse, nicht von diesem kleinen Sissyboy hier." Damit rüttelte sie erneut an der Plastikhülle, in der Alex' Schwanz gefangen war und der trotz allem schon wieder zu wachsen versuchte.

Denn Alex spürte verwirrt, dass ihn Evas Verhalten und die Aussichten erregten. Die Frustration des Unbefriedigtseins kehrte schlagartig zurück.

Dann ließ Eva los, lehnte sich auf dem Sofa zurück und musterte Alex genüsslich.

„Du siehst wirklich gut aus, weißt du das? Du bist ein richtig hübsches Mädchen. Ich kann verstehen, dass du Angst hast – es besteht ja auch einiger Grund dafür –, aber zumindest eines will ich dir versprechen: ich werde mit dir nichts machen, das man mit einem ganz normalen Mädchen nicht auch machen würde." Wieder lachte sie auf.

„Und das heißt? Was macht man denn *nicht* mit einem ‚ganz normalen Mädchen'?"

„Oh …" Eva musste erst nachdenken. „Lass mich mal überlegen … Man schickt ein ‚ganz normales' Mädchen zum Beispiel nicht auf den Strich … Man leiht es nicht aus, damit sich andere damit vergnügen können. Man fügt ihm keine bleibenden, körperlichen Schäden zu."

„Und sonst?"

„Tja, ich fürchte, das war's schon."

„Wie ist es mit nicht-bleibenden, körperlichen Schäden?"

„Du meinst zum Beispiel Peitschenstriemen?"

„Zum Beispiel."

„Oh, die gibt es auch bei ‚ganz normalen Mädchen', fürchte ich – und schließlich *bleiben* sie ja auch nicht." Diesmal lachte Eva lauter.

„Auftritte in der Öffentlichkeit?"

„*Jedes* ‚normale Mädchen' muss irgendwann mal in die Öffentlichkeit!"

„Ja, aber in welchem Outfit."

„Wieso? Fürchtest du, dass ich dich ... in eine Latexpuppe verwandle und dich so auf die Straße schicke?"

„Vielleicht."

Eva schmunzelte. „Gute Idee."

„Hey! Ich meine das ernst! Schließlich scheinst ja auch du es ernst zu meinen, oder nicht?"

Eva musterte Alex von oben bis unten, als würde sie sich die soeben fantasierte Szene bildlich vorstellen.

„Versprich mir, dass das nicht geschehen wird!"

„Nein."

„Wie bitte?"

„Nein. Das verspreche ich nicht. Du hast noch immer nicht begriffen, wie genau die neue Rollen- und vor allem Machtverteilung aussieht. Aber selbstverständlich hast du noch immer die Wahl: Entweder der Koffer in der Garage oder die Kleider im Schlafzimmer. Wenn du allerdings letztere wählst, wirst du dich auf *meine* Regeln einlassen müssen. Und ich fürchte" – damit lachte sie erneut auf und in diesem Lachen lag nun unverkennbarer Triumph – „dass ich dir noch nicht genau sagen kann, was das genau heißt."

Der Morgen danach

Als Alex am nächsten Morgen erwachte, war für ihn die Welt eine andere geworden. Er trug ein spitzenbesetztes Nachthemd mit dem dazu passenden Spitzenhöschen, in das das PVC-Rohr mit seinem Schwanz so gerade hinein passte. Und er lag auf der ‚falschen' Seite des Betts: Eva lag drüben auf ‚seiner' Seite, drehte sich gerade verschlafen um und flüsterte: „Mach schon mal Frühstück, Marie."

Selbst das war neu. Nicht nur, dass sie ihn nun konsequent ‚Marie' nannte. Da Eva diejenige war, die ins Büro musste, während er in seinem Home office an keine festen Arbeitszeiten gebunden war, häufig bis spät in die Nacht arbeitete und entsprechend spät aufstand, hatte Eva sich ihr Frühstück immer selbst gemacht und war häufig aus dem Haus, noch ehe Alex überhaupt aufgestanden war.

Nun sollte er Frühstück machen.

Nein: ‚Marie' sollte Frühstück machen.

Am Ende des vorhergehenden Abends hatte eine Art Deal gestanden: Alex sollte das Frausein erproben, indem er für einige Zeit die Hausfrau spielte. Dafür hatte er von Eva die Zusicherung bekommen, dass sie ihn – „vorerst", wie sie lachend gesagt hatte – nicht in peinliche Situationen bringen wollte.

Offenbar fing in Evas Vorstellung die Rolle der Hausfrau damit an, dass ‚Marie' das Frühstück machte.

Also stand er auf, warf sich einen seidenen Bademantel über – der einzige, den ‚Marie' hatte –, ging erst auf die Toilette – der Anblick des PVC-Rohrs mit dem

Schloss daran versetzte ihm fast einen Schock: *so* ernst war die Sache also? Wollte Eva den Schlüssel etwa mit ins Büro nehmen? Dann müsste er den ganzen Tag mit diesem Ding verbringen – und dann in die Küche hinunter, um das Frühstück vorzubereiten. Währenddessen hörte er, wie Eva sich duschte; dann verging noch einige Zeit, und als sie hinunter kam, war sie schon fertig gekleidet und geschminkt für ihren Bürotag. Diesmal trug sie einen ihrer perfekt sitzenden Hosenanzüge. Wie immer war alles super sauber und gepflegt.

„Siehst du, Marie", sagte sie, während sie sich an den Esszimmertisch setzte und sich von ‚Marie' Kaffee einschenken ließ, „so ist das bei uns Frauen: Wir sind immer sauber und gepflegt – nicht so wie ein Mann, der es nicht einmal schafft, mit dem Kamm durch seine Haare zu gehen, bevor er sich mit Dreitagebart und verschnuffeltem Schlafanzug an den Frühstückstisch setzt."

Tatsächlich hatte Alex sich noch nicht gekämmt und hatte ganz plötzlich das Gefühl, dass das zu dem – objektiv gesehen – wunderschönen Seiden-Morgenmantel ziemlich unpassend wirkte.

„Pflege ist das A und O. Unter uns gesagt" – sie verstrich Butter auf dem frisch gerösteten Toast und verteilte ihre Lieblingsmarmelade darauf, die Alex aus dem Kühlschrank geholt und neben ihren Teller gestellt hatte – „hat mich das schon immer gestört, dass du dich eben gepflegt hast, wie ein Mann, und das heißt für gewöhnlich: nur das Nötigste. Du wirst einsehen, dass das nicht zu deiner neuen Rolle passt."

Sie sah ihn aufmerksam an, doch Alex enthielt sich einer näheren Nachfrage. Er wollte lieber erst abwarten, worauf das Ganze hinauslief.

Eva fuhr fort: „Pflege kann selbstverständlich auf verschiedenen Ebenen stattfinden. Sie betrifft nicht nur die Finger- und Fußnägel. Auch nicht nur das Rasieren von Beinen, Achselhöhlen und Schritt. Und auch nicht nur die Frisur. Nicht einmal nur die Haut. Das beginnt schon bei der Formung des Körpers. Die großen Themen Fitness und Cellulite ... Okay, damit wirst du nicht solche Probleme haben, aber dafür sehe ich andere." Sie sah ihm direkt in die Augen. „Du bewegst dich zum Beispiel wie ein Stock."

Inzwischen hatte auch Alex Platz genommen und führte seine Kaffeetasse zum ersten Mal an den Mund.

„Sieh dich nur an, wie du dasitzt: wie ein Bauer!"

Alex hielt in der Bewegung inne. Tatsächlich hatte er beide Ellenbogen auf dem Tisch und stützte sich darauf, so dass er leicht nach vorn gebeugt dasaß.

„Setz dich mal aufrecht hin!"

Alex ließ die Kaffeetasse sinken, nahm die Ellenbogen vom Tisch, richtete sich auf, sah Eva dann erwartungsvoll an.

„Die Brust herausstrecken."

Er streckte die Brust heraus.

„Wo ist denn dein Busen?"

„Der ..."

„Egal, hol ihn!"

Alex ging ins Schlafzimmer hinauf und legte die Silikonpolster in den BH, den er auf Geheiß von Eva die ganze Nacht über getragen hatte. „Nie mehr ohne BH!", hatte sie gesagt.

Als alles richtig saß, streifte er den Morgenmantel wieder über, ging hinunter und setzte sich an den Frühstückstisch.

„Den werden wir demnächst mal richtig ankleben müssen! – Jetzt binde mal deinen Morgenmantel richtig zusammen."

Alex löste erneut den Knoten des Gürtels, legte den Morgenmantel sorgfältig über den Busen und dann über dem Bauch ordentlich zusammen. Schließlich knotete er den Gürtel neu.

„Am besten gehst du gleich auch ins Bad und wäschst dir das Gesicht – da ist dir irgendetwas aus dem Auge gelaufen, während du geschlafen hast – und kämmst dich."

Alex warf einen sehnsüchtigen Blick auf seine Kaffeetasse – noch dampfte sie, doch würde sie das nicht mehr lange tun –, stand erneut auf und ging ins Bad. Als er wiederkam, hatte Eva gerade ihr zweites Toast mit Marmelade bestrichen, ihre Kaffeetasse war leer. Also ging Alex in die Küche und füllte ihre Tasse nach.

Eva musterte ihn, während sie in ihr Toast biss. „Na ja ...", machte sie und für Alex hörte sich das deutlich geringschätzig an. Er nahm die Kaffeetasse in die Hand und führte sie an den Mund. Inzwischen dampfte der Kaffee nicht mehr, aber es würde schon gehen.

„Stopp!", sagte Eva plötzlich gebieterisch, genau in dem Moment, in dem die Tasse seine Lippen berührte. Alex hielt in seiner Bewegung inne.

„Fühlst du dich jetzt wie eine Frau?"

Alex ließ die Kaffeetasse wieder sinken und sah Eva mit großen Augen an. Es war nichts Neues, dass seine Frau in den ungünstigsten Augenblicken Problemgespräche begann, aber mit dieser Frage konnte er gar nichts anfangen. Zumal er jetzt gern einfach nur in Ruhe Kaffee getrunken hätte. „Wie meinst du das?"

„Ich meine: wie fühlt sich das an, ein Nachthemd und einen seidenen Morgenmantel zu tragen?"

Alex sah an sich hinunter. „Irgendwie fremd."

„Siehst du – das ist doch kein Wunder! Das passt einfach nicht zusammen, so verschnuffelt in einen Seiden-Morgenmantel zu steigen – soetwas macht nur ein Mann."

„Und?"

„Und daran müssen wir selbstverständlich etwas ändern." Eva sah ihn triumphierend an. „Und ich weiß auch schon, was das sein wird."

Damit stand sie auf und verschwand im Wohnzimmer.

Alex griff schnell nach der Kaffeetasse und ...

„Rühr sie nicht an!", schallte es aus der Wohnzimmertür, in der Eva schon wieder stand. „Du bist noch nicht so weit!"

Damit kehrte sie an den Tisch zurück und reichte Alex einige weiche Kleidungstücke.

„Das ist eine Leggins, ein Sport-BH und ein Tanktop. Dazu Socken. Die wirst du jetzt brauchen. Denn dein Morgen wird von nun an mit Frühsport beginnen. Du musst nicht nur fitter, du musst vor allem beweglicher werden. Weg mit dem Stock in deinem Rücken und wo auch immer er sitzt," – Eva schmunzelte – „schließlich musst du mit dem Hintern wackeln und in den Hüften kreisen können, wie es eine Frau kann, ein Mann aber meistens nicht – die sind da ja völlig eingerostet. Nebenbei gesagt: deshalb sehen Männer in Frauenkleidern meist lächerlich aus, weil sie so steif sind wie ein Brett statt so geschmeidig wie eine Katze.

Also: Neben dem DVD-Player liegt eine DVD mit Fitness-Übungen für zu Hause. Du breitest einfach meine Matte aus – ich werde dir aus der Stadt eine eigene mitbringen, denn ich will eigentlich nicht, dass du meine benutzt; aber für heute muss das gehen – und startest die DVD. Und dann machst du alles, was die nette Blondine darauf sagt. Und wenn du damit fertig bist – das ganze dauert ungefähr 20 Minuten –, dann darfst du auch deinen Kaffee trinken, wenn du ihn dann noch magst. Los geht's!" Eva grinste.

Alex blieb unschlüssig sitzen. „Ich kann auch *erst* frühstücken", grummelte er vor sich hin.

„Das wäre das falscheste überhaupt", triumphierte Eva. „Es geht hier darum, dass du dir einen straffen Bauch, definierte Arme und schöne, schlanke Beine antrainierst. Das solltest du mit Schwung machen, und das geht bestimmt nicht mit einem vollen Bauch. Also los! Zier dich nicht: zieh dich ruhig hier um. Du musst nicht extra nach oben gehen."

Sie sah, dass Alex noch immer zögerte.

„Du kannst deinen Tag natürlich auch mit Joggen beginnen. Darüber lasse ich mit mir reden. Vielleicht mache ich ja sogar mit, allerdings musst du dann eine halbe Stunde früher aufstehen."

Alex *hasste* Joggen.

Eva sah ihn amüsiert an. „Ich weiß, das klingt hart. Aber niemand hat gesagt, dass Frausein einfach wäre. Nur bekommen Männer davon normalerweise nichts mit. Männer haben von der Disziplin, die eine Frau aufbringen muss, um attraktiv zu sein, nicht die Spur einer Ahnung! Dagegen sind Soldaten Weicheier, das sage ich dir! Schließlich werden Frauen von keinem ... wie heißt das noch gleich ..."

„Spieß."

„Genau: von keinem Spieß angetrieben. Die einzige Strafe für mangelnde Disziplin ist Cellulite. Schwabbelige Beine, ein Kugelbauch. Ständiges Steigen der Konfektionsgröße. Und wenn du erst bei 46 angekommen bist, hilft selbst das Training nicht mehr. Also! Fang an! Deine Figur sieht schon bedenklich verwahrlost aus, kann ich dir sagen!" Und wieder lachte Eva, und diesmal war ihr Lachen fast ansteckend. Bis sie hinzufügte: „Den Rest müssen wir dann eben mit einem Korsett und figurformender Wäsche hinkriegen. Aber je mehr Speck an der falschen Stelle sitzt, desto unangenehmer wird die Schnürung sein!"

Mit einem hatte Eva recht: Alex machte zwar regelmäßig Sport, aber der sah sehr rabiat aus, und er hatte schon öfter gespürt, dass seine Beweglichkeit abnahm, je mehr Muskeln er sich antrainiert hatte. Aber was sollte er schließlich machen als Baseball-Spieler! Dass es unmöglich aussehen würde, wenn er stocksteif und mit Muskelpaketen an Armen und Beinen wie eben ein Mann in Frauenkleidern durch die Gegend lief, wurde ihm nun schlagartig klar. Und inzwischen war er sich im Klaren darüber, dass Eva nicht gewillt war, ihr ‚Spiel' in kurzer Zeit zu beenden.

Und überhaupt würde es nicht schaden, wenn er ein bisschen beweglicher würde.

„Ich ziehe mich trotzdem oben um", war der Rest an Widerstand, den er noch aufbrachte.

„Meine schüchterne Marie ...", hörte er Eva seufzen, während sie am Tisch saß und ihm hinterherblickte.

Oben zog er Nachthemd, Höschen und BH aus, streifte den Sport-BH über, legte die Silikonpolster hinein und suchte in der entsprechenden Schublade nach einem Höschen, das er während des Sports tragen könnte. Dann streifte er das Tanktop über. Wieder so ein vollkommen ungewohntes Tragegefühl. Es saß wieder sehr eng, umspielte den ‚Busen', so dass er deutlich hervorstand wie zwei Kugeln und ließ die Schultern zugleich gänzlich frei. Und die Träger des BHs waren so vollkommen zu sehen, als wollte er eigens betonen, dass er einen Büstenhalter trug.

Die Leggins waren noch ungewöhnlicher. Weich, kaum spürbar, lagen sie so eng an wie Nylonstrumpfhosen, waren aber aus einem ganz anderen Material. Sie wärmten die glatte Haut auf eine angenehme Art, fand Alex. Dann zog er sich die Socken an und sah sich nach Schuhen um. Aber er hatte keine.

Also ging er auf Socken wieder hinunter. Eva packte gerade ihre Tasche, sie hatte ihre schicken Pumps bereits angezogen. Ihm war klar, dass sie einfach noch einen Blick auf ihn werfen wollte, wie er in diesen Klamotten aussah – oder um zu kontrollieren, ob er sich auch wirklich umzog und mit dem Frühsport-Programm begann.

„Und nicht mogeln!", sagte sie entsprechend mit erhobenem Zeigefinger. „Schließlich geht es hier um deine Fitness – und um einen flachen Bau, den du nun wirklich gebrauchen kannst! Und um schöne Beine!" Und sie gab ihm einen Klapps auf seinen harten Bauch. „Tu einfach so, als hätte ich eine Kamera hier installiert, auf der ich alles sehen kann, was du tust. Vielleicht habe ich das ja sogar", fügte sie süffisant lächelnd hinzu und Alex war fast so weit, das für möglich zu halten.

Die Blondine auf der DVD sah selbstverständlich so gesund und fit aus, dass Alex fast sofort wieder abgeschaltet hätte. Aber sie war zugleich auch ziemlich sympathisch. Und zufällig hatte sie fast das gleiche an wie er, nur dass ihr Top eine andere Farbe hatte. Er fand das witzig und es half ihm, seinen Widerwillen zu überwinden. Okay, dann würde er eben ein bisschen sein wie sie – das war nicht das Schlimmste, wenn er schon diese Kleidung tragen und diese Dinge machen musste.

Selbstverständlich war sie bestgelaunt und stand zudem unter Palmen mit dem Meer in ihrem Rücken. Andererseits versicherte sie, dass ihre Übungen nicht für den ‚Profi', sondern für die ‚ganz normale Frau' gedacht seien, die einfach nur bewusst an ihrem Körper arbeiten wolle. Das klang ganz angenehm, es waren inzwischen drei Minuten vergangen und er hatte noch immer nicht abgeschaltet – ein gutes Zeichen.

Und dann ging es los. Übung Nr. 1: Kraftbrücke. Immerhin im Liegen, er musste nicht herumhüpfen. Sobald soetwas käme, würde er aufhören, hatte er sich geschworen.

Die Kraftbrücke also. Im Liegen. Po anheben. Ein Bein beugen und strecken. Anderes Bein beugen und strecken. Je 6 mal jedes Bein, drei Durchgänge. Irgendwann war das nicht mehr gemütlich. Gut, er schwitzte nicht und es war nur mäßig anstrengend.

Die kurze Pause war ihm trotzdem recht.

Übung 2: Bodylift. Hundestellung auf Hand und Knie. Linken Arm und rechtes Bein anheben, ‚bis sie mit dem Rücken eine gerade Linie bilden'!? Alex spürte schon beim ersten Versuch, dass sein Körper dem

Widerstand entgegensetzte. Spannung sieben Sekunden halten, das Ganze zehnmal – jede Seite!

Nach sechsmal brauchte er eine Pause. Nur eine kurze ...

Die Blondine selbstverständlich nicht. Sie machte unbeirrt weiter und redete dabei auch noch gutgelaunt. „Das Bein wechseln ... und ... halten!"

Pause. Nun schwitzte Alex.

Übung 3: Beinschere. Schon beim Ansehen wusste er, dass das nicht ging! Nicht mit seinem Körper. Er bekam das Knie ganz einfach nicht gerade, während er im Liegen das Bein nach oben streckte. Die Blondine lag da und sah dabei auch noch anmutig aus, Alex spürte erst Frust, dann Ärger in sich aufsteigen. Warum zum Henker sah das bei ihm nur so ... klobig, so plump, so unglaublich hässlich aus?! Er versuchte es mit dem anderen Bein, aber seine Sehnen am Knie waren offensichtlich verkürzt – inzwischen war die Blondine bei ihrem elften Mal, anmutig, elegant, ganz leicht. Einfach das Bein nach oben strecken ... und halten ...
das sollte einfach sein?!?

Alex konnte sein eigenes Bein nicht mehr ansehen. Ätzend.

Die Pause war inzwischen viel zu kurz.

Übung 4: Trizeps-Dips. Sowas machen Frauen? Liegestütze anders herum, dazu auch noch auf einen Stuhl aufgestützt. Dreimal zwölf – in Worten: *zwölf!* – Wiederholungen! Alex schaffte zwei. Dann musste er sich wieder ausruhen. Vielleicht hätte er ohne den Stuhl beginnen sollen, einfach ganz normale Liegestütze ...

Die nächste Übung ließ er gleich ganz aus: Kopfstand-Schere. Für einen Kopfstand war sein Kopf nicht gemacht. Und im Gegensatz zu der Blondine war er nicht schwerelos – sein Körper *wog* etwas! Das *ging* mit seinem Körper ganz einfach nicht. Da guckte er doch lieber zu, während die fröhliche Blondine …

Übung 6: Kraftbrücke am Stuhl, Übung 7: Seitlage, Übung 8: Cycling – wo er schon einmal beim Zuschauen war … und während er zusah, wurde ihm bewusst, wie recht Eva eigentlich hatte. Was diese Blondine da mühelos vorführte, das bekam er nicht einmal ansatzweise hin! So unbeweglich war er!

9: Sit-ups, dreißig mal drei Wiederholungen! 10: Trockenschwimmen, zwanzig mal drei Wiederholungen. 11: die klassische Liegestütze. Das machte die Blondine – und mit ihr sicher viele Frauen – mühelos dreimal zwanzig mal! 60! Klar, das musste für sie die reine Erholung sein! Und er bekam nicht mal *eine* sauber hin!

Die Übungen 12 – Arm-Bein-Anheben –, 13 – Seitlage am Stuhl – und 14 – Liegestütz erschwert, nämlich mit den Füßen auf der Sitzfläche eines Stuhls liegend, 15 mal dreimal! – sah Alex auf dem Sofa sitzend und mit einer Tasse kalten Kaffees in der Hand an. Das konnte ihm keiner erzählen, dass es 10 Frauen auf diesem Planeten gab, die diese Übungen bis zum Ende durchmachten. Das war einfach unmöglich. Und für ihn, Alex oder ‚Marie', allemal. Da sollte ihm Eva erstmal vormachen, dass *sie* das hinbekam. Bis dahin war er eben Prinzessin – eine Prinzessin machte bestimmt keine Liegestütze, schon gar keine erschwerten! Er wollte unbedingt jetzt sein, nein: *ihr* Krönchen!

Und dann setzte er sich an den Frühstückstisch und frühstückte so lange und so ausgiebig, wie er es selten vorher gemacht hatte. Das hatte er sich verdient – selbst wenn er, bei näherem Hinsehen … wie weit war er gekommen? Hatte er die Übung 2 eigentlich vollständig ... egal, das war einfach unmenschlich! Frauen machten soetwas bestimmt nicht! Und Prinzessinnen schon gar nicht!

Auf dem Catwalk

Interessanterweise fühlte sich die Prinzessin recht frisch, als sie schließlich vom Frühstückstisch aufstand. Alex spürte, dass er sich bewegt hatte, sein Körper war irgendwie in Schwung, als wenn seine Durchblutung heute besser funktionierte als sonst. So ein Zufall!

Und diese Leggins und das Top fühlten sich auch gut an. Auf einmal merkte er, dass er die sanfte Wärme auf seiner ungewohnt ungeschützten Haut richtiggehend genießen konnte.

Vielleicht lag das aber auch einfach daran, dass sich, sobald er vom Tisch aufstand, die Frage stellte, was er nun anziehen würde. Mit Eva war nichts abgesprochen. Der Koffer mit den Sachen von ‚Alex' stand in der Garage, die aber nur über den gut einsehbaren Weg von der Haustür aus erreichbar war. Da konnte ihn jeder Nachbar mühelos sehen. Er ging in sein Arbeitszimmer hinauf. Vom Fenster aus konnte er den Weg und die Umgebung gut überschauen. Wenn er einen günstigen Augenblick abwartete, könnte er …

Da sah er, dass auf seinem Smartphone, das auf dem Schreibtisch lag, eine Reihe von Kurzmitteilungen von Eva eingegangen waren. Die erste war schon gut eineinhalb Stunden alt. Er öffnete sie:

> „Hallo Marie, wie war das Training? Bis zu welcher Übung bist du gekommen? Notiere das, damit du in den nächsten Tagen deine Fortschritte besser erkennen kannst. Und dann melde dich bei mir."

Die zweite hatte Eva eine halbe Stunde später geschickt:

„Marie? Hast du überlebt? Oder soll ich einen Rettungswagen schicken?"

Das Smiley dahinter zeigte an, dass Eva selbst nicht wirklich daran glaubte, dass ihm etwas zugestoßen wäre. Aber sie war noch immer eine Stunde alt.

Die dritte klang schon dringlicher:

„Marie! Melde dich mal. Ich will wissen, wie es war, und dann müssen wir absprechen, was du heute machst – und wie."

Wieder ein Smiley, und dazu ein kleines Mädchen mit einem kurzen Röckchen in Zartrosa.

Dann hatte Eva offensichtlich anzurufen versucht und Alex hatte es nicht gehört, weil die Tür zu seinem Arbeitszimmer geschlossen gewesen war und das Zimmer am anderen Ende des Hauses lag.

Und in diesem Augenblick klingelte es wieder. Es war Eva, wie er am Display erkennen konnte. Er nahm ab.

„Ah, da bist du ja". Evas Stimme klang nicht erleichtert, eher pikiert. „Wo warst du? Was hast du gemacht?"

Alex erklärte ihr die Sache mit dem Arbeitszimmer.

„Aha", machte Eva und klang nicht überzeugt. „Na gut." Dann räusperte sie sich. „Was hast du gerade an?"

„Noch die Sachen vom Training."

Immernoch?!?

„Na ja, das war ziemlich anstrengend und ich habe anschließend erst einmal in Ruhe gefrühstückt."

„Hm."

„Jetzt wollte ich duschen und mir dann etwas anderes anziehen."

„Mach mal ein Selfie und schick es mir."

„Warum?"

„Damit ich sehe, ob das auch stimmt."

„Warum sollte das nicht stimmen?"

„Wer weiß, vielleicht hast du ja wieder die siffigen Sachen von Alex an."

„Wie sollte ich denn zur Garage kommen?"

„Aber Gedanken hast du dir darüber gemacht, oder?"

„Das …"

„Egal. Schick das Selfie. Dann sehen wir weiter."

Und weg war sie.

Also machte Alex ein Bild von sich selbst und schickte es an Eva.

Als nächstes kam wieder eine SMS.

„Du gehst jetzt ins Bad und duschst. Dabei Beine rasieren! Anschließend eincremen. Bartwuchs beseitigen – eincremen! Dann ziehst du an: Spitzenunterwäsche, heute unschuldiges Weiß. Hautfarbene Strumpfhose. Den weißen, engen Jeansrock. Ein Shirt. Und selbstverständlich Schuhe. Du wirst heute Gehen auf hohen Absätzen üben. Dabei wird dir der enge Rock helfen. Schick mir ein Selfie, sobald du soweit bist."

Alex seufzte. Die Frage, wie er diesen Tag verbringen würde, hatte sich erst einmal erledigt. Eva schien wirklich die Kontrolle behalten und noch immer weitermachen zu wollen.

Eigentlich fühlte er sich gerade recht wohl, wie er festgestellt hatte. Die Bewegung, dann diese angenehmen Kleidungsstücke. Warum sollte er nicht weiter mitmachen? Wenn es nur nicht wieder zu peinlichen

Situationen kam. Aber das hatte Eva ihm ja versprochen.

Ergeben machte er alles, wie es die SMS forderte. Die ausgiebige Pflege tat ihm gut, stellte er fest. Noch nie in seinem Leben hatte er seinen Körper so sehr gepflegt. Einzig unangenehm war, dass die Cremes ihm zu langsam einzogen. Dafür hatte er entschieden zu wenig Geduld. Oder stimmte nur die Logistik nicht? Er hatte noch nie gesehen, dass Eva irgendwo gestanden oder gesessen hatte, um darauf zu warten, dass die Creme einzog.

Der Stoff der Strumpfhose auf seiner glatten, empfindlichen Haut fühlte sich erregend an. Und der Busen sah toll aus. Sogar eine gewisse Taille konnte er erkennen.

Der Rock war allerdings wirklich *sehr* eng! So sehr, dass er schon nicht mehr bequem war. Alex konnte darin nur verhältnismäßig kleine Schritte machen und würde, so lange er ihn trug, für keinen Augenblick vergessen können, was das für Kleidung war, die er da trug: Frauenkleider. (Aber wie sollte er das!) Bei jedem Schritt und selbst, wenn er sich nicht bewegte, fühlte er sich beengt. Das war, als wären seine Knie mit einem kurzen Strick zusammengebunden! Als er den Rock anhatte, die Riemchen der Highheels schließen wollte und sich dafür bückte, bekam er kaum Luft. Er musste sich setzen, um einigermaßen bequem an seine Fußgelenke heranzukommen.

Da kam schon wieder eine SMS:

„Und? Wo bleibt das Selfie?"

Alex beeilte sich. Er fuhr noch einmal mit einem Kamm durch die Haare, strich den Rock glatt und stellte sich in Positur.

Zwei Minuten später kam Evas Antwort.

„Immerhin ein Anfang. Jetzt mach Gehübungen. Eine halbe Stunde ohne Pause! Dann bindest du dir die weiße Schürze um und machst den Haushalt, aber ohne dich umzuziehen! Es kann sein, dass ich heute früher nach Hause komme – da will ich dich bei der Arbeit vorfinden, meine kleine Zofe!"

Und so wanderte, besser: stöckelte Alex durch die Wohnung. Die Absätze klackerten auf dem Steinfußboden des Erdgeschosses, und das sehr häufig, denn wegen des engen Rocks musste er ziemlich kleine Schritte machen. Anfangs versuchte er, leiser aufzutreten, doch dann merkte er, dass dieses Geräusch dazugehörte. Es *musste* so klingen, trocken und hart. Der Absatz *schlug* geradezu auf den Boden: klack–klack–klack–klack! Das hieß: hier kommt eine *Frau*! Und er spürte, wie ihn diese Entdeckung erregte. Denn *tatsächlich* kam hier selbstverständlich *keine* Frau – das war *er*, von dem diese Geräusche, diese Signale ausgingen! Er steckte in diesen Kleidern! In diesem engen Rock, durch den sich, wie er bemerkt hatte, das Spitzenhöschen erahnen ließ. Das war … heiß, sexy, das war … pervers! Im wahren Wortsinn: pervertiert – verkehrt herum, entgegen dem, was ‚normal' war. Das war frivol, geradezu obszön, in jedem Fall schamlos und skandalös! Er tat, was eigentlich als Tabu galt, verboten, anstößig und zudem eigentlich ziemlich lächerlich war! Er sandte sexuelle Reize aus, aber paradoxerweise die verkehrten, die ihn als Mann zudem noch herabgewürdigten und zutiefst beschämen mussten! *Er* sandte die sexuellen Reize des paarungsbereiten *Weibchens* aus, das *genommen* werden will – denn das ist die Art, wie in der Natur der ‚Akt' vollzogen wird. Das Weibchen will *genommen* werden. Entsprechend mussten die klackernden Absätze einer Frau sagen: ‚Fick mich!' Und so sandte auch er mit den Highheels gerade das Signal aus: ‚Fick mich! Ich will gefickt werden!'

Das war wahrscheinlich das Beschämendste an dieser Situation: dass er mit dieser Kleidung, mit der Schminke, der Art, wie er sich bewegte und mit den Geräuschen, die er hervorbrachte, Signale aussandte, die Männer dazu aufforderten, dieses ‚Weibchen' zu ‚nehmen'.

In *seinem* Fall allerdings wäre das Männchen konsterniert, wenn es sie/ihn so sehen könnte, es würde völlig aus der Bahn geworfen: verkehrte Welt. Pervers eben. Beschämend. Umso demütigender, als die Signale *bei ihm selbst* Reaktionen hervorriefen! Er sah aus wie eine sexy Frau und darauf reagierte der Mann in ihm selbst ... Dabei war das Geheimnis, das sich zwischen seinen Beinen in dem heißen Höschen befand, eingesperrt und abgeschlossen, den Schlüssel hatte nicht einmal er selbst, er konnte das Schloss nicht öffnen, sondern musste auf die Gnade, die richtige Stimmung derer hoffen, die ihm den Schlüssel abgenommen hatte.

Wegen des beschämenden Keuschheitsgürtels hatte dieses sexy aussehende Wesen in Frauenkleidern im Übrigen nur *eine* Öffnung – hinten. Oder *zwei*, genau genommen, wie er zugeben musste ... und plötzlich hatte er ein Bild vor sich, wie diese *beiden* Löcher benutzt wurden, gestopft ... wie ein ‚Männchen' auf die Signale reagierte und die Aufforderung annahm ...

Alex wurde es heiß. Was waren das für Fantasien?! Ausgelöst durch das Geräusch der Absätze auf dem

Steinfußboden. Am meisten verunsicherte ihn, dass auf dem letzten dieser Bilder nicht etwa Dildos zum Einsatz kamen, sondern richtige ...

Er war doch nicht schwul! Er liebte Eva und genoss den Sex mit ihr.

Aber diese Kleidung, die er trug, veränderte sein Gefühl für sich selbst. Er lief hier im engen Rock herum, auf Highheels, dazu gehörte mehr als nur ein Plastikdildo, mehr und anderes.

Alex setzte sich auf das Sofa im Wohnzimmer. Inzwischen taten ihm die Füße so weh, dass er eine Pause brauchte – und fand selbst dieses schmerzende Gefühl, das die ungewohnten Schuhe verursachten, erregend. Auch das fühlte sich weiblich an – pervers, und er spürte, dass er seine Füße gern an dieses Gefühl, diese veränderte Stellung aufgrund der hohen Absätze, gewöhnen würde. Er *wollte* plötzlich diese erregenden Schuhe tragen, *wollte*, dass seine Füße in diese gekünstelte Haltung gezwungen wurden!

Während er auf dem Sofa saß, vergegenwärtigte er sich die Szene, die sich dort am Vorabend abgespielt hatte. Wie er Eva ‚einen geblasen' hatte. Sie hatte tatsächlich einen Orgasmus bekommen, allein durch das Bild, das sie vor Augen hatte: ihr Mann im Kleinen Schwarzen, wie sie ihm in den mit Lippenstift geschminkten Mund fickte. Er hatte den Eindruck gehabt, dass es genau diese Formulierung gewesen war, die sie so angemacht und aufgeheizt hatte: sie fickte ihn in den Mund!

Pervers! Abartig! – Geil!

Er spürte, wie sein Schwanz wieder zu wachsen versuchte. Noch immer hatte er sich nicht erleichtern können, der Frust vom Vorabend kehrte zurück. Es war Zeit, dass er Druck abließ!

Aber da war nichts zu machen. Sein Penis war in dieser Hülle gefangen, er kam nicht heran und der Penis konnte nicht wachsen.

Da klingelte es an der Haustür. Alex erstarrte. Blitzartig ging es ihm durch den Kopf, dass man das Geräusch der Absätze vielleicht draußen gehört hatte. Vielleicht *wusste* der, der da stand, dass hier jemand war.

Es klingelte noch einmal. Alex rührte sich noch immer nicht. Könnte er so an die Tür gehen? Er war nicht geschminkt ... aber so war er gestern auch in der Stadt gewesen. Eigentlich war alles perfekt, außer das Gesicht. Aber das war gestern auch nicht geschminkt gewesen, und er hatte sich sauber rasiert und eingecremt. Vielleicht reichte das ja aus.

Aber wenn es nun ein Nachbar war? Der würde ihn zweifellos erkennen, auch in diesem Outfit. Dann wäre die Katastrophe perfekt! Dann gab es kein Zurück mehr und es wäre in der Nachbarschaft herum: der Alex aus der Nr. 18 ist ein Perversling! ein Transvestit! eine Schwuchtel! Ich wusste ja schon immer, dass mit dem etwas nicht stimmt ...

Alex blieb sitzen. Er war wie gelähmt. Gerade noch war er voll auf das Perverse dieser Situation konzentriert gewesen, hatte sich wie ein Sexobjekt gefühlt, das benutzt wird, dessen Löcher gestopft werden – und jetzt sollte er in diesem Aufzug an die Haustür gehen und sich als Schwuchtel outen. Womöglich waren das auch Zeugen Jehovas oder sonst ein braves Mitglied der Gemeinde – Alex würde knallrot werden und vor

Scham im Boden versinken, dessen war er sich völlig sicher.

Deshalb blieb er sitzen und wartete. Es klingelte nicht ein drittes Mal. Vermutlich war also nichts zu hören gewesen und der Fremde hatte aufgegeben. Zum Glück. Alex begann langsam wieder, normal durchzuatmen. Nach einiger Zeit stand er auf und schlich – soweit das mit den Absätzen möglich war – ins obere Stockwerk. Von dort konnte er zur Haustür hinabsehen: es war niemand dort. Allerdings lag ein Paket vor der Tür.

Das würde er noch liegen lassen. Die Tür zu öffnen, dazu fühlte er sich noch immer nicht in der Lage.

Da ging wieder eine SMS ein.

„Selfie! Sofort!"

Alex war noch nicht zur Hausarbeit übergegangen. Noch trug er nicht die Schürze. Also ging er, so leise er konnte, wieder hinunter, band sich die Schürze um – schön eng, das gab eine erstaunlich weibliche Taille! –, machte ein Selfie und schickte es an Eva. Und dann begann er mit der Hausarbeit.

Das war in dem engen Rock nicht ganz leicht. Aber es war auch ein tolles Gefühl!

Zwei Stunden vor der Zeit hörte Alex, wie sich der Schlüssel im Haustürschloss drehte und die Haustür von außen aufgeschlossen wurde. Eva war zurück.

Er band die Schürze los, legte sie über einen Stuhl im Esszimmer und ging Eva mit klackernden Absätzen entgegen.

Sie hatte das Paket mit hereingebracht, es offenbar mit dem Fuß unter die Garderobe geschoben, hängte gerade ihre Jacke an der Garderobe auf und drehte sich dann zu ihm um. Ohne etwas zu sagen, musterte sie ihn von oben bis unten.

„Hallo Marie!", sagte sie schließlich. „Wie war der Tag?"

„Ganz gut", antwortete er. „Der Rock ist für Hausarbeit nicht gerade praktisch."

„Seit wann trägt eine Frau *praktische* Kleidung? Eine Frau muss vor allem *schön* sein!" Eva grinste.

„Aber der Rock ist ziemlich eng. Ich kann mich darin ja nicht einmal bücken, um etwas vom Boden aufzuheben."

„Eine Frau bückt sich auch nicht – sie geht in die Knie. Schön züchtig mit aneinander gelegten Schenkeln."

„Und mir tun die Füße weh."

Eva blickte auf seine Schuhe. „Deine Füße müssen sich erst an diese veränderte Haltung gewöhnen. Für ein Mädchen ist das ganz normal. Du stehst ja jetzt die ganze Zeit praktisch auf den Zehenspitzen."

„Kann ich die Schuhe jetzt ausziehen?"

Eva sah ihn erstaunt an. „Wieso? Nein! Wir gehen noch aus!"

Sie sah, dass Alex ansetzte, um zu widersprechen, und unterbrach ihn: „Wir gehen Essen. Ich habe Lust dazu, und ich habe Hunger. Zieh dich um. Zieh dir etwas Schönes an. Dann komm ins Bad, ich werde dich ein bisschen schminken. Und vielleicht irgendetwas mit deinen Haaren machen. Los jetzt!"

Alex wollte dennoch widersprechen, aber Eva war schon in Richtung Wohnzimmer unterwegs, wo sie sich ein Glas Rotwein einschenkte. Über ihre Schulter rief sie zurück: „Beeil dich! Wenn du mich warten lässt, musst du mir vorher noch einen blasen!"

Das war ein Argument!

Alex eilte die Treppe hinauf und holte aus Maries Schrank einen braun-grün gemusterten, weiten Rock hervor, der bis knapp über die Knie reichte und dessen Stoff so leicht war, dass er wunderbar schwingen konnte. Er hoffte, dass er damit relativ unauffällig angezogen war. Dazu zog er Stiefel an, ein passendes Shirt und ein kurzes Jäckchen. Und schon stand Eva in der Tür und zog ihn ins Badezimmer vor den Spiegel.

„Abends schminkt sich eine Frau mehr als tagsüber, weil man weniger sieht, wenn es dunkel ist. Aber es ist noch ziemlich früh, also machen wir ein Mittelding."

Und dann legte sie los. Sie sprach nicht viel dabei, aber Alex sah im Spiegel, dass er sich langsam verwandelte. Seine Haut wirkte glatter, mit Rouge veränderte das ganze Gesicht seine Form. Die Wimpern wurden erkennbar, die Augenbrauen, aus denen Eva wieder eine ganze Reihe von Härchen auszupfte, wurden schmaler und markanter und die Augenlider bekamen eine deutliche Farbe, die die Augen weiter auseinander stehen ließ. Am Schluss kam wieder der Lippenstift, und erneut stellte Alex fest, dass ihn dieses Gefühl erregte. *Alles das* erregte ihn inzwischen, alles das begann er irgendwie geil zu finden. Pervers. Und beschämend. Das Weibchen sendet seine Zeichen aus, um ...

Während Eva vor ihm stand und ihn schminkte, näherte er seinen Schritt ihrem Bein und begann, sich an ihr zu reiben. Allerdings verdarb ihm das PVC-Rohr den Spaß, er fühlte kaum etwas.

„Halt still!", sagte Eva außerdem, während sie hochkonzentriert die Konturen der Lippen mit einem Pinsel nachzog, und so hielt er sich wieder zurück.

Aber er war erregt. Hätte er die Möglichkeit gehabt, dann hätte er es jetzt mit Eva …

Aber die schien gänzlich mit anderem beschäftigt. Als der Lippenstift aufgetragen war, begann sie, mit dem Lockenstab in seinen Haaren herumzufuhrwerken. Am Ende hatte er leichte Wellen und das Haar wirkte irgendwie fülliger und lag anders. Der Scheitel war weg, die Ohren lagen frei, an denen Eva wieder Ohrclips befestigte. Dabei murmelte sie: „Es wird Zeit, dass wir dir Ohrlöcher stechen lassen."

Schließlich frischte sie noch ein wenig ihr eigenes Makeup auf und wies ihn währenddessen an, mehr Schmuck anzulegen: „Aber sieh zu, dass er zu den Ohrclips passt!" Also ging er ins Schlafzimmer zurück und suchte einen Ring, ein zartes, silbernes Armband, die Armbanduhr und eine Silberkette heraus, die er um den Hals legte.

Eva war schon unterwegs zur Haustür. „Kommst du?", hörte er sie rufen und beeilte sich, hinterherzukommen.

Sie war schon an der Tür. Er folgte ihr, zog die Tür hinter sich zu und wollte auf die Garage zulaufen, doch sie zog ihn über den Weg in Richtung Straße.

„Wir fahren nicht, wir gehen einfach in die ‚Süd see'."

„Aber da kennen sie uns!"

„Nein, liebste Marie: *Mich* kennen sie da, *dich* wird keiner erkennen. Du bist meine Freundin und du bist für ein paar Wochen bei uns zu Besuch, weil du hier in der Gegend einen Job suchst. Überleg dir, als was du arbeiten willst, falls dich jemand fragt."

„Aber …"

„Herrgottnochmal, Marie!", herrschte Eva ihn plötzlich an und blieb mitten auf dem Bürgersteig stehen, auf dem sie inzwischen angekommen waren, „ich kann deinen ständigen Widerspruch nicht mehr hören! Bis jetzt hattest du noch nie Erfolg damit, ist dir das schon mal aufgefallen? Und das wird auch in Zukunft so bleiben. Merk dir das! Du solltest dich langsam an die neue Situation gewöhnt haben. Sie wird noch eine ganze Zeit lang andauern, nicht nur ein paar Tage: Wochen, Monate. Also sei ein braves Mädchen und überlass mir die Entscheidungen! Etwas anderes bleibt dir auch gar nicht übrig!"

Alex ließ den Kopf hängen. Eva hatte bestürzend recht. Sie hatte sich noch nicht *einmal* durch seinen Protest dazu verleiten lassen, eine ihrer Entscheidungen zu revidieren.

„Und bisher ist auch noch nie etwas wirklich Peinliches passiert, oder? Du musstest es noch nicht bereuen, das getan zu haben, was ich entschieden hatte. Also hör endlich auf, ständig zu widersprechen!"

Damit drehte Eva sich um und setzte ihren Weg fort.

Dann drehte sie sich wieder um, sah Alex von oben bis unten an und sagte in verändertem, sachlicherem Ton: „Geh mal vor mir her!"

Alex sah sie mit großen Augen, aber schweigend an.

„Ich will sehen, wie du gehst. Ob du noch immer so steif bist und läufst wie ein Bauer."

Alex nickte und setzte sich in Bewegung. Es fiel ihm nicht leicht nach der Standpauke, aber er versuchte sich auf das Gehen zu konzentrieren, so wie er es morgens getan hatte.

„Mach mal kleinere Schritte", hörte er Eva in einiger Entfernung hinter sich sagen.

Alex verkleinerte die Schritte, musste sie so aber schneller setzen.

„Du kannst ruhig etwas langsamer gehen, wenn es dir leichter fällt."

Alex behielt die Schrittlänge bei, ging aber langsamer.

„Und jetzt setz die Füße mehr auf eine Linie, also genau voreinander."

Das hatte er schon geübt, aber es fiel ihm noch immer nicht leicht. Er fürchtete, das Gleichgewicht zu verlieren und zu ‚eiern'. Und er musste sich komisch bewegen, um die Füße auf die Linie setzen zu können, was er affektiert und unpassend fand.

„Du musst das durch einen entsprechenden Hüftschwung ausgleichen. Mach dich mal locker in den Hüften."

Im ersten Augenblick wusste Alex gar nicht, was sie meinte.

„Die Hüfte ist ein *Gelenk*, musst du wissen, das kann man in jede Richtung bewegen – nicht nur nach vorne und nach hinten. Wackel mal mit dem Hintern!"

Alex versuchte es. Aber das war genau das, was ihm übertrieben und unpassend vorkam.

„Mehr!"

Okay. Er drückte die Hüfte erst nach rechts, dann nach links außen.

„Du musst die Oberschenkel zusammen halten, so dass sie aneinander reiben. Sie dürfen sich praktisch beim Gehen nie loslassen."

Alex kniff die Oberschenkel zusammen. Auf dem glatten Nylonstoff ging das mit dem aneinander Reiben überraschend gut.

„Führ die Oberschenkel immer umeinander herum. Nie den Kontakt aufgeben, sie müssen immer aneinander reiben!"

„Streck die Knie mehr durch!"

„Pass auf die Oberschenkel auf!"

„Mehr in den Hüften wackeln!"

„In den Hüften!"

„Mehr!"

Mehr? Wie sollte das gehen? Er wackelte schon mit dem Hintern wie eine Nutte.

„Denk mal an ein Model, das über den Laufsteg geht. Das sieht manchmal affig aus, aber davon bist du noch Lichtjahre entfernt, glaub mir: *Lichtjahre*!"

Das Bild half ihm. Er versuchte zu gehen wie ein Model.

„Mehr!"

Noch mehr? Das war doch überhaupt nicht möglich!

„Mein Gott, bist du ein Brett! Das ist ja unglaublich! Man sieht kaum, dass du überhaupt deine Hüfte bewegst."

„Und immer die Oberschenkel zusammenhalten!"

„Die Füße auf eine Linie setzen!"

„Mehr in den Hüften wackeln!"

Ein älterer Herr mit einem Hund an der Leine kam ihnen entgegen, blieb jedesmal stehen, wenn sein Dackel etwas im Gras neben dem Weg interessant fand. Der Herr hatte nichts besseres zu tun als sie zu beobachten.

„Hey", sagte Alex, halb nach hinten gewandt in der Hoffnung, dass Eva die Situation durchschaute.

„Sieh nach vorn! Und die Füße immer schön auf eine Linie setzen!"

Alex wandte den Kopf wieder nach vorn.

„Und nun beweg die Hüfte. Mehr! Noch mehr!"

Als sie unmittelbar bei dem älteren Herrn waren, grüßte Eva ihn betont freundlich und ging an dem Herrn mit seinem Dackel vorüber, der sie anstarrte, als hätte er Eintritt bezahlt. Er war so fasziniert, dass er vergaß, den Gruß zu erwidern.

Da überholte Eva Alex und es war ihm ein Rätsel, wie sie das in ihren hochhackigen Schuhen schaffte. Aber es sah vollkommen natürlich aus.

„Pass auf, Marie. Schau mir zu. Ich werde es dir vormachen. Versuch mich einfach zu imitieren."

Und dann ging Eva vor ihm her. Sie sah aus, als sei sie völlig in sich versunken. Die Füße setzte sie immer genau voreinander, die Zehen leicht nach außen gerichtet. Und in vollkommener Harmonie dazu, schwang sie ihre Hüfte hin und her, deutlich sichtbar, aber nicht übertrieben. Es war ein Wiegen in den Hüften, wie es weiblicher nicht sein konnte – trotz der Hosen, die sie trug – und es bewirkte, dass sich das knapp unter der Oberfläche liegende Begehren in Alex wieder meldete. Was für ein wunderschöner, heißer Anblick das war! Dieser Hüftschwung ... Er war so gefesselt, dass er vergaß, die Bewegungen nachzumachen.

Plötzlich blieb Eva stehen, ließ ihn aufholen. „Jetzt du."

Alex konzentrierte sich wieder. Dann versuchte er es selbst. Er ging langsam, machte kleine Schritte, setzte die Füße auf eine Linie, die Zehen leicht nach außen, und wiegte sich in den Hüften. Tat es von sich aus mehr und mehr, denn er hatte inzwischen erkannt, dass es vielleicht gerade genug wäre, wenn es ihm selbst als total übertrieben vorkam. Er versuchte, Eva nachzuahmen und spielte das Laufen auf dem Catwalk. Er rieb bewusst die Oberschenkel aneinander, wenn er die Beine umeinander führte und die Füße genau auf eine Linie im Pflaster des Bürgersteigs setzte, spürte den Stoff des weiten Rocks, der bei jedem Schritt um seine Beine in den zarten Nylons spielte, genoss das Gefühl der Stiefel, deren Schäfte sich eng um seine Waden legten, wie auch das unglaublich frauliche Geräusch, das die harten Absätze auf dem Steinboden machte. Er schwang sogar seine Schultern leicht hin und her und spürte auf diese Weise das Shirt und das Jäckchen, die sich über seinen ‚Busen' legten.

Da hörte er Eva hinter sich kichern. Das musste kein schlechtes Zeichen sein, also ging er einfach genau so weiter.

Eva sagte nichts. Sie ließ ihn vor sich her laufen. Noch einmal begegnete ihnen ein Passant, ein junger Mann, der vor allem ‚Marie' auffällig musterte. Alex überwand sich und ging trotzdem weiter wie auf dem Laufsteg, obwohl es ihm so peinlich war, dass er rot wurde und er den Blick niederschlagen musste, aber interessanterweise meinte er in dem Moment, als sich ihre Blicke begegneten, in den Augen des jungen Mannes soetwas wie Anerkennung zu sehen – als wenn ihm *gefiele*, was er dort sah.

Erst kurz bevor sie in den Park einbiegen mussten, schloss Eva zu Alex auf und hakte sich bei ihm unter.

„Das war gut", sagte sie leise. „Noch nicht vollkommen, aber gut. Daran können wir weitermachen. Und merk dir: das war *nicht zuviel*! Auch wenn es dir vielleicht so vorgekommen ist. Es war gerade so richtig. – Wenn du mit deinem Gang ein Männchen anziehen willst, dann musst du es sogar noch mehr, noch auffälliger machen. Das jetzt war so gerade eben ‚weiblich'. Noch nicht wirklich ‚anmachig'."

Alex verkniff sich einen Hinweis auf den jungen Mann. „Soll das denn ‚anmachig' werden?"

„Aber natürlich! Das gehört zum Frausein dazu! Und denk dran: wir sind gerade einmal verlobt. Du solltest auch *mich* noch anmachen, sonst laufe ich dir noch davon! Und die Welt ist voll von Konkurrentinnen, die alle noch anmachiger sind als das, was du da gerade vorgeführt hast! Das kannst du mir glauben!"

Hand im Schritt

Je näher sie dem Gartenlokal kamen, desto mulmiger wurde es Alex. Es würde voll sein mit Leuten, die sie möglicherweise kannten und er würde von jedem einzelnen glauben, dass er ihn erkannte – wenn nicht auf den ersten Blick, dann auf den zweiten oder dritten.

Und so kam es, wie es kommen musste: Noch bevor sie das Lokal ganz erreicht hatten, trafen sie Edith und Paul. Die beiden wohnten in der gleichen Straße, nur am anderen Ende. Sie kannten sie nur flüchtig, hatten sie aber immer sehr nett gefunden. Und offensichtlich beruhte dieses Gefühl auf Gegenseitigkeit.

Sie begrüßten Eva mit großem Hallo. Eva stellte Alex vor als „Marie", eine „Freundin auf Besuch zur Jobsuche". Edith und Paul gaben ihr höflich die Hand und stellten sich selbst vor. Alex kam es so vor, als würde Paul einen Hauch länger als nötig ‚Maries' Hand in der seinen halten und sie dabei kurz von oben bis unten mustern, als wollte er sie taxieren. Und schon schlugen die beiden vor, gemeinsam draußen nach einem Tisch zu suchen – endlich würde es sich einmal ergeben, dass sie zumindest Eva näher kennenlernten. Wo denn Alex sei – ach, der ärmste müsse arbeiten, er ist sogar auf Dienstreise! Hoffentlich kann er es auch genießen. Dienstreisen, die nur aus Terminen bestanden, waren ja immer ziemlich frustrierend. Das schien auch Paul gut zu kennen und nickte dabei Eva zu, die wissend zurücknickte.

Sie setzten sich in eine Ecke des Gartenlokals, in dem nicht ganz so viel los war. Das Gespräch war schon in vollem Gang, da wurde Alex erst klar, dass er nun eine Geschichte brauchte. Wo lebte ‚Marie' normalerweise, nach was für einem Job hielt sie eigentlich Ausschau, war sie verheiratet, hatte sie Kinder, was für einen Abschluss, was für eine Ausbildung hatte sie, was machte sie, wenn sie nicht arbeitete ... Frauenthemen wurden hoffentlich nicht besprochen, so lange ein Mann dabei war, was hätte er zum Beispiel über Kosmetik sagen können – oder über den Mädelsabend bei Sixx?

Das Gespräch blieb im Rahmen der unverbindlichen Plauderei. Alex hatte Zeit genug, sich eine Vita auszudenken, und einige Versatzstücke davon brachte ‚Marie' auch ein, die sich allerdings eher als schüchtern, zumindest zurückhaltend entpuppte. Der Job, nach dem sie Ausschau zu halten vorgeben wollte, machte ihm am meisten Kopfzerbrechen. Wenn er vorgab, das gleiche zu machen wie Alex, gab es keine Notwendigkeit, einen Job zu suchen; Alex war freiberuflich tätig und selbstständig. Also musste Marie etwas anderes machen. Fremdsprachen waren nicht so ihr Ding, sie war nicht unbedingt der Sekretärinnentyp – doch in dem Augenblick, als sie darüber nachdachte, fragte Paul sie, nach was für einem Job sie denn suchte, und ohne ihr Zutun kam unter anderem das Wort „Sekretärin" über ihre anmutig geschminkten Lippen.

Paul sah sie etwas erstaunt an. „Du siehst gar nicht aus wie eine Sekretärin."

Alex bekam einen Schreck, fasste sich aber schnell wieder. „Ja, das sagen viele. Aber wenn ich ehrlich bin, will ich damit auch etwas Neues anfangen. Ich will mich verändern."

„Was hast du denn vorher gemacht?"

Verdammt. Was konnte Marie vorher gemacht haben? Wonach sah sie denn aus?

„Ach, mal dies, mal das."

„Und zuletzt?" Paul ließ nicht locker. Mist.

„Zuletzt … habe ich … das hat allerdings nicht so Spaß gemacht … da war ich Aufsicht in einem Museum."

„Museumsaufsicht?" Pauls Augen wurden noch größer. „Na, das ist ja mal ein origineller Job!" Und er wandte sich um zu Edith und sagte: „Du, Marie war Aufsicht in einem Museum."

Auch Edith sah ihn nun erstaunt an. „Wie kommt man denn an einen solchen Job?", wollte sie wissen.

Gute Frage. Wie kam man eigentlich an einen solchen Job?

„Ich war einfach beim Arbeitsamt. Die haben mich auf den Job aufmerksam gemacht."

Puh.

„Das Arbeitsamt. Klar. Was für eine blöde Frage. Aber was hat dir an dem Job nicht gefallen?"

Es gab ein Buch, von Thomas Bernhard, mehr eine Erzählung, über einen Museumsbesucher und einen Wärter. Die beiden unterhielten sich ständig, wenn er sich recht erinnerte. Wie war das da noch gleich? Was konnte dem Wärter an seinem Job nicht gefallen?

„Nun … also … da steht man sich ja eigentlich immer nur die Beine in den Bauch. Darf sich nicht mal hinsetzen, selbst dann nicht, wenn kein Besucher da ist. Und darf selbstverständlich auch nicht lesen. Das ist auf die Dauer ziemlich langweilig."

„Aber du kannst dir die Leute ansehen", sagte Edith."

„Und die Bilder", fügte Paul hinzu.

„Das darf man auch nicht, denn man soll ja die Besucher im Blick behalten, damit die auch nichts anstellen können. Bilder beschädigen oder so."

„Hm. Stimmt. Hört sich nicht so spannend an."

„Und dann gibt es auch keinerlei Aufstiegsmöglichkeiten", fügte er hinzu, um von dem eigentlichen Job wegzukommen. „Sicher, man kann sein Leben lang im Museum herumstehen und darauf warten, dass der Arbeitstag zu Ende geht und man Feierabend hat. Aber irgendwie bin ich dafür noch ein bisschen zu jung."

Meine Güte, was für eine Rede. Alex hatte sich bemüht, mit einer etwas höheren Stimme zu sprechen als er es normalerweise tat. Er hoffte, dass das halbwegs überzeugend klang. Von Eva kam jedenfalls kein Warnsignal.

„Und jetzt willst du also als Sekretärin Karriere machen?"

Warum schritt Eva nicht ein. Alex warf ihr einen flehenden Blick zu. Aber sie grinste ihn nur an und hielt sich zurück.

„Na ja, was heißt Karriere. Ich will eben etwas anderes machen, und wenn man da im Laufe der Zeit noch ein bisschen aufsteigen kann, ist das sicher auch nicht falsch."

„Aber kannst du denn Schreibmaschineschreiben? Und Ablage und all soetwas, was man als Sekretärin können muss?"

„Ich hab zwischendurch im Museum immer mal wieder in der Verwaltung mitgearbeitet. Da habe ich so einiges gelernt. Sogar eine Fortbildung habe ich machen dürfen, da ging es um all diese Sachen. Schreibmaschineschreiben kann ich ziemlich gut. Sogar Steno habe ich mal gelernt. Und Telefonieren! Wirklich, wir haben richtig Telefonieren gelernt, also professionell. Und Kunden abwimmeln – das war am lustigsten. Wir mussten Rollenspiele machen und uns gegenseitig abwimmeln." Alex fand seine Idee selbst lustig, auch wenn er keine Ahnung hatte, ob man soetwas in solchen Kursen tatsächlich lernte. Aber es war in jedem Fall gut, Schriftsteller zu sein: da war man es gewohnt, sich Geschichten einfallen zu lassen.

„Soetwas lernt man in solchen Kursen?", fragte Edith prompt. „Ich habe auch einmal soetwas gemacht, aber da ging es sehr viel trockener zu. Ablagesysteme, Terminplanung, Grundlagen von Buchführung."

„Ja, ja, das war auch alles dabei, aber das mit dem Abwimmeln war einfach das lustigste. Es hat einen Heidenspaß gemacht."

Eva sah ‚Marie' amüsiert an.

Und auch Edith musterte sie interessiert. „Und das kannst du alles noch?"

„Sicher, ich habe das ja, wie gesagt, in der Verwaltung im Museum immer wieder anwenden können. Immer wenn da Not am Mann war, sprich, wenn in der Verwaltung jemand Urlaub hatte oder krank war – und das passiert im Öffentlichen Dienst ja ziemlich häufig –, bin ich eingesprungen. Einmal musste ich sogar eine Schwangerschaftsvertretung machen."

„Ja, und hinterher", mischte sich Eva plötzlich ein, „haben die Verwaltungsfuzzis gesagt, Marie habe das besser gemacht als die Frau, die die Stelle regulär hatte. Und sie fanden es gar nicht so toll, als die wieder zurück kam. Wäre die weggeblieben, würde Marie jetzt schon in der Verwaltung sitzen."

„Wo war denn das?"

„Na, in Hamburg, wo ich jetzt noch lebe."

„Und bei welchem Museum?"

Das war's! Bei welchem Museum, Himmel! Was gab's denn in Hamburg für Museen? Da gab's das ‚Miniatur Wunderland', aber da ging es um Modelleisenbahnen. Dann gab es das ‚Maritime Museum', aber er hatte schon von Bildern gesprochen. Es gab auch ein ‚Erotic Art Museum', aber damit wollte er jetzt nicht kommen. Gab es in Hamburg eine Kunsthalle? Kunsthallen gab's überall.

„In der Kunsthalle."

„Ah, die Kunsthalle! Tolles Museum! Da also arbeitest du! Respekt! Ich war da mal vor Jahren, inzwischen hat sie ja den Neubau bekommen. Vermutlich ist die Sammlung vollkommen umsortiert worden, oder?"

Bevor das Lügengespinst, in dem Alex sich gerade heillos verstrickte, endgültig zu dicht wurde, mischte sich Eva nun doch noch ein. „Hey", rief sie fröhlich, „wir wollen doch jetzt nicht vom Job sprechen. Wir sind doch froh, dass wir Feierabend haben!"

„Ja, schon", gab Paul widerstrebend nach, „aber wo wir doch in unserer Kanzlei gerade nach einer neuen Sekretärin suchen. Ich dachte, ich könnte Marie hier mal ein bisschen aushorchen und zwanglos vorfühlen. Dann könnten wir uns die eigentliche Bewerbung sparen, falls Marie Interesse hätte." Und er strahlte ‚Marie' gewinnend an.

Alex hatte plötzlich einen ganz trockenen Mund. Mühsam lächelte er zurück. „So ein Zufall!" Mehr brachte er nicht heraus. Er sah sich schon im Sekretärinnen-Kostümchen auf 10 cm hohen Pumps durch eine Rechtsanwaltskanzlei stöckeln und mit zuckersüßer Stimme Telefonate durchstellen oder Termine bestätigen, während Kunden versuchten, dem schüchternen ‚Rascherl', das scheu wie ein Reh über den Teppichboden hastete, unter den engen Rock zu schauen. Und was war, wenn die da etwas merkten? Wenn einer der Chefs die süße, kleine ‚Marie' anmachte und alles herauskam?!

„Ja, das ist ja wirklich ein Zufall", fiel nun auch Eva ein und musterte erst Alex und dann Paul aufmerksam. „Das ist ja wie ein Wink des Schicksals, was, Marie? Dann will ich nicht stören, setzt euer zwangloses Bewerbungsgespräch ruhig fort. Das wäre doch wirklich toll, wenn … davon hast du doch schon immer geträumt, nicht wahr, Marie?"

Was fiel ihr ein!

„Immer vielleicht nicht …"

„Aber in den letzten Wochen hast du praktisch über nichts anderes gesprochen. ‚Wenn ich doch eine nette Kanzlei fände, mit netten Leuten, da könnte ich mein Organisationstalent endlich hemmungslos ausleben!' Und dass du davon eine Menge hast, daran besteht doch gar kein Zweifel." Damit wandte sie sich wieder an Paul. „In den vergangenen Tagen, seitdem sie bei uns ist, hat sie Alex' Büro aufgeräumt. Du weißt ja, wie Schriftsteller so sind. Leben immer in anderen Welten, die unsere mit der ganzen Bürokratie und so bleibt da schnell auf der Strecke. Wenn er demnächst wiederkommt, wird er sein Büro kaum wiedererkennen. Endlich sind alle Akten sauber und übersichtlich geordnet und abgeheftet. Endlich sind auch alle Rechnungen geschrieben, seine Aufträge sind sortiert. Marie hat sogar mit den Auftraggebern gesprochen, wenn etwas unklar war. Alex hatte ihr nur ein paar Stichworte hinterlassen und – schwupps! – hatte sie einen professionellen Geschäftsbrief daraus gemacht und die Antwort des Kunden – und vor allem seine Zahlung – kam so prompt, wie Alex das, glaube ich, noch nie erlebt hat. Ich hatte mir schon überlegt, ob *wir* Marie nicht einstellen könnten. Dann könnte Alex sich endlich vollständig auf seine eigentlichen Aufgaben, das Schreiben, konzentrieren und der Laden würde noch sehr viel besser laufen als jetzt. Aber irgendwie glaube ich nicht, dass wir uns das leisten können. Und dann wollte ich Marie natürlich auch nicht zu niedrig bezahlen …"

„Aber …"

„Das hört sich alles ziemlich interessant an!" Paul strahlte erst Eva, dann ‚Marie' an. „Eine kompetente Sekretärin mit Initiative und Engagement, die organisieren kann und noch dazu so sympathisch ist, die wäre über kurz oder lang sowieso Chefsekretärin und müsste nicht mehr selbst tippen."

„Aber …"

„Und selbst das kann Marie wunderbar. Sie tippt so schnell wie man spricht. Wirklich, das habe ich gesehen. Sie braucht gar keine Stenographie, denn sie kann das Gesprochene sozusagen in Echtzeit in den Computer tippen, ohne dass sie ein Wort auslieȣe und ohne Tippfehler!"

„Erstaunlich! Aber warum arbeitest du dann als Museumsaufsicht?"

„Weil … na ja …"

Eva legte Marie ‚mitfühlend' eine Hand auf ihren Unterarm, der auf der Tischplatte lag. „Marie hat gerade eine Beziehung hinter sich, die nicht so glücklich verlief und vor allem: nicht so erfreulich endete." Ihr Blick sollte vielsagend sein. Paul und Edith nickten anteilnehmend. In der kurzen Pause, die entstand, versuchte Alex Eva unter dem Tisch einen Tritt zu versetzen. Aber er verfehlte sie. Offenbar hatte sie ihre Beine früh genug in Sicherheit gebracht. Stattdessen spürte sie kurz darauf ihre Hand – von der Tischplatte verschwunden –, die ihren Oberschenkel streichelte und dabei Stück um Stück ihren leichten Rock hochschob.

Paul nahm den Faden noch einmal auf. „Wie wäre es denn, wenn du in den nächsten Tagen einfach mal zu uns ins Büro kommst. Da können wir uns dann *richtig* unterhalten. Du brauchst keine vollständige Bewerbung zu schreiben – für eine Frau, die mir von Eva empfohlen wird, brauche ich auch keine weiteren Referenzen. Lass das einfach weg, dann brauche ich sie auch nicht zu lesen. Lass uns einfach einen Termin machen und wir unterhalten uns. Sagen wir Freitag Morgen um zehn?"

„Aber …"

„Da hast du noch nichts vor", sprang Eva wieder ein, „ich weiß das, weil wir ja erst vorhin darüber gesprochen haben." Und sie wandte sich wieder an Paul. „Wir hatten nämlich überlegt, ob wir am Freitag mal ausgiebig shoppen wollen."

„Das könnt ihr ja anschließend tun. Unsere Kanzlei liegt nur fünf Minuten von der Fußgängerzone entfernt. Zu Fuß!"

Alle sahen Alex – vielmehr ‚Marie' – erwartungsvoll an. Evas Hand hatte unter dem Tisch inzwischen Alex' Schritt erreicht, ergriff nun das PVC-Rohr und drehte es nach oben, bis es schmerzhaft zu werden begann.

„Okay", lenkte Marie mühsam lächelnd ein, „abgemacht! Freitag Morgen um zehn."

Und der Druck in seinem Schritt ließ wieder nach.

Für Alex aber brach eine Welt zusammen, vielmehr: an seinem Horizont türmte sich eine bedrohliche Flutwelle auf, von der er schon jetzt nicht mehr wusste, wie er ihr entkommen sollte.

Wie ein Vulkan

„Bist du eigentlich verrückt?!" Alex hatte sich die ganze Zeit über innerlich nicht beruhigen können. Und Eva hatte sich so offensichtlich um Paul bemüht, dass Alex sich gefragt hatte, ob die beiden sich tatsächlich noch so wenig kannten, wie er bisher angenommen hatte. Sie hatten in der ‚Südsee' gegessen, und dann hatte Eva noch Wein für alle bestellt, und schließlich noch Kaffee, als Alex schon geglaubt hatte, jetzt endlich erlöst zu sein und in absehbarer Zeit seiner aufgestauten Wut freien Lauf lassen zu können.

Nun waren sie zu Hause angekommen, und als die Tür hinter ihnen ins Schloss gefallen war, war Alex explodiert.

„Was soll denn das? Ich als Sekretärin zu diesem Paul? Willst du mich mit Gewalt bloßstellen?"

„Wieso denn bloßstellen? Er hat doch nichts bemerkt." Eva blieb ungerührt. „Ganz im Gegenteil: er ist ganz begeistert von dir, meiner kleinen Freundin Marie, die so zum Anbeißen aussah in ihrer unschuldigen Schüchternheit – wie du rot geworden bist! unglaublich! – und außerdem so gut tippen und organisieren kann."

„Aber alles das kann ich gar nicht. Und ich habe auch keine Papiere."

„Dass du das nicht kannst, ist doch Blödsinn! Die ganze Zeit schon machst du deine gesamte Verwaltung selbst, und es war keine Lüge: Ich habe selten jemanden gesehen, der so schnell tippt wie du! Und mit so wenigen Fehlern."

„Aber deswegen kann ich kein Arbeitsverhältnis beginnen!"

„Wieso nicht? Das einzige, was nicht stimmen wird, ist der Name. Und Papiere brauchst du bei Paul gar keine!"

„Und dann? Was ist, wenn er etwas merkt?"

„Was? Dass dein Name nicht stimmt?"

„*Dass ich keine Frau bin!* Dass ich ein Perversling bin der Freude daran hat, Seidenstrümpfe, einen BH, Röcke und Pumps zu tragen!"

„Du wirst doch nicht eingestellt, weil du eine Frau bist, sondern weil du bestimmte Kompetenzen hast. Weil du etwas *kannst*."

„Aber ich würde als Sekretärin eingestellt."

„Was eine echte Form der Diskriminierung ist! Was ist denn mit den Männerrechten! Kein Mann darf deswegen *nicht* eingestellt werden, weil er ein Mann ist. Das steht so oder so ähnlich im Grundgesetz."

„Aber ..."

„Schon wieder dieses ständige ‚aber'!"

„Ja, Himmel, das ist jetzt doch wichtig! Was hast du denn vor?"

„Darüber hatten wir doch gesprochen: Ich helfe dir, herauszufinden, ob du eine Frau sein willst. Oder vielleicht auch einfach erst einmal nur so leben willst."

„Aber dass das so weit gehen würde, davon war nicht die Rede."

„Es war nur nicht absehbar. Du wirst mir nicht vorwerfen wollen, dass ich das bewusst so eingefädelt hätte."

„Das nicht, aber ..."

„Aber?"

„Nehmen wir einmal an, ich würde da wirklich anfangen …"

„Also, erstmal hast du nur ein Vorstellungsgespräch!"

„Ja, aber was ist, wenn Paul mich, das heißt ‚Marie', dann wirklich einstellen will? Ich kann das gar nicht glauben: dann soll ich da im Sekretärinnen-Outfit, in Kostümchen, geschminkt und mit manikürten Fingernägeln in einer öffentlichen Kanzlei *arbeiten*?"

„Die lackierten *Fuß*nägel nicht zu vergessen!"

„So soll ich wirklich da arbeiten?"

„Wieso denn nicht?"

„Aber … *ich*!"

„Ja, du. Warum *nicht* du? Jedes brave Mädchen, von dem es verlangt wird, sucht sich einen Job und verdient Geld, damit sie nicht irgendwem auf der Tasche liegt. Sich von einem Mann aushalten zu lassen, ist heutzutage nicht mehr üblich."

„Aber ich *verdiene* Geld! Ich *habe* einen Job!"

„Nur nicht als Mädchen."

„Das … das geht doch jetzt ein bisschen weit, oder nicht? Als Sekretärin!"

„Wärest du lieber Verkäuferin bei Aldi? Das ginge sicher auch. Aber da brauchst du dann wirklich Papiere."

„Wieso soll ich denn überhaupt arbeiten gehen?"

„Weil es dazugehört! Zu Hause ein bisschen im Kleidchen herumspringen, das kann jeder. Da ist ja nichts dabei. Aber ob du als Frau *leben* willst, merkst du erst, wenn du auch draußen unterwegs bist. Wenn du zum Beispiel erlebst, wie jeder dahergelaufene Blödian meint, dass er der tollste Hengst im Stall ist und du nur darauf wartest, von ihm angebaggert zu werden. Erst wenn du das erlebt hast – und zwar über einen längeren Zeitraum, also immer wieder – kannst du entscheiden, ob du *trotzdem* als Frau leben willst."

Alex war für einen Augenblick still, dachte nach. Dann sagte er mit einiger Bitterkeit: „In einem gebe ich dir recht: als Sekretärin werde ich dieser Erfahrung wahrscheinlich am konzentriertesten ausgesetzt sein, oder? Ich meine, das Kostümchen, der enge Rock, die langen Beine in den Seidenstrümpfen – ob farblos oder schwarz – und die Highheels sind ja geradezu eine unmissverständliche Einladung zum Angebaggertwerden."

„Da hast du recht. Und deshalb gefällt mir der Plan auch so."

„Weil du willst, dass ich angebaggert werde?"

„Ja, genau." Eva lächelte amüsiert. „Ich will sehen, was meine kleine Marie dann macht. Wie sie darauf reagiert. Vielleicht stellt sich dann ja sogar heraus, dass sie Spaß daran findet. Vielleicht gefällt ihr gerade das an ihrem neuen Job."

Alex sah seine Frau überrascht an. Das hätte er nicht für möglich gehalten, dass sie soetwas sagen, dass sie an soetwas Freude haben würde.

„Allerdings wirst du in der Kanzlei von Paul in einem ziemlich seriösen Laden arbeiten. Deren Klienten gehören zu den berühmten oberen Zehntausend. Da wird gewöhnlich nicht so hemmungslos gebaggert, wie das unter den ‚normalen' Hengsten üblich ist."

„Dein Wort in Gottes Gehör …"

„Und dann ist da noch etwas." Nun wurde Eva fast verlegen. Sie wandt sich ein wenig, kam nur zögernd heraus mit der Sprache. „Bei uns in der Bank", Eva räusperte sich, „also, da ist in den letzten Monaten, sagen wir einmal, nicht alles so gelaufen, wie es hätte sein sollen. Der Finanzmarkt spielt seit einiger Zeit, wie du weißt, ziemlich verrückt und ist nicht mehr so berechenbar, wie es früher einmal der Fall war. Und Paul hat bei uns Geld angelegt."

„Du kennst ihn also schon viel besser, als du es zugegeben hattest?"

„Was heißt ‚besser': Ich verwalte Geld von ihm, habe mich darum bemüht, es zu vermehren."

„Und?"

„Na ja," Eva zögerte wieder, „das hat nicht so geklappt, wie es eigentlich sollte."

Alex wartete gespannt darauf, dass Eva weiterredete. Als das nicht geschah, fragte er: „Und was heißt das?"

„Das heißt", antwortete Eva, wobei sie ganz offensichtlich über jedes einzelne Wort nachdachte, das sie verwenden wollte, „dass es gut wäre, wenn Paul nicht gerade in der nächsten Zeit seine Einlagen aus unserer Bank abziehen wollte. Es wäre gut, wenn wir ihn stattdessen bei Laune halten und bewirken würden, dass er uns ganz einfach vertraut."

Alex' Augen wurden immer größer. „Willst du damit sagen, dass sein Geld *weg* ist?"

„Na ja, so drastisch würde ich das vielleicht nicht ausdrücken. Professionell nennen wir das ... aber, ja, als Laie könnte man das so formulieren."

„Und – geht es dabei um *viel* Geld?"

Eva nickte betrübt. „Um *sehr* viel Geld! Hast du dir noch nie das Haus angesehen, in dem die beiden ganz allein wohnen?"

Alex schüttelte den Kopf. „Da ist ja eine Mauer drum herum, so dass man praktisch nichts sehen kann."

„Ich war bei ihnen, als unsere ersten Verträge unterzeichnet wurden. Das ist ein echter Palast! Alles auf einem Stockwerk, aber es fehlt an nichts, was man sich von einem luxuriösen, stilvollen Haus vorstellt. Edith hat uns durch's Haus geführt und hat weder das Swimmingpool noch den Wellness- noch den Partybereich ausgelassen. Und sogar eine große Bibliothek haben sie – die würde dir gefallen! Wände voller Regale, wunderschöne Bücher, stilvolle Möbel, ein riesiger Globus ..."

Alex hatte sie beobachtet. Er war sich nicht sicher, ob sie verlegen war.

„Und was genau meinst du mit ‚bei Laune halten'?"

„Na, alles das, womit man, sorry: frau einen Kunden eben bei Laune halten kann. Wir sorgen dafür, dass Marie als eine attraktive Frau erscheint, du wirst freundlich und zuvorkommend zu ihm sein und darauf achten, ihn wie einen echten Freund zu behandeln."

„Aber Paul ist verheiratet, oder nicht?"

„Sicher, aber ich glaube, das hindert ihn nicht, zu flirten. Auch mich hat er schon einmal anzubaggern versucht."

„Und hast du ...

„Selbstverständlich nicht! Aber einen deiner besten Kunden kannst du natürlich auch nicht brüskieren oder ihm gar mit der Polizei drohen."

„Und" – Alex zögerte – „an den willst du mich verschachern?"

„Selbstverständlich nicht! Was denkst du dir! Von ‚verschachern' kann keine Rede sein! Es würde unserer Bank aber nützen, wenn wir in einem guten, freundschaftlichen Verhältnis zu den beiden stünden. Dann lässt er sicher mit sich reden, wenn es einmal Schwierigkeiten gäbe. Schließlich wollen wir auch nicht gleich den Rechtsanwalt am Telefon haben."

Damit hatte sich Eva wieder gefangen, und in einem veränderten, wieder souveränen Ton fuhr sie fort: „Schluss jetzt damit. Glaub nicht, dass du da so einfach herauskommst. Du hast das angefangen, jetzt wirst du es auch zu Ende führen. Zumal es für einen guten Zweck ist und wir Paul auf gar keinen Fall zum Gegner haben wollen. Und dazu gehört sehr viel mehr als nur in Kostüm und Highheels durch die Welt zu stöckeln und sich von mehr oder weniger attraktiven oder appetitlichen Männern anbaggern zu lassen. Übrigens" – ganz offensichtlich war es ihr daran gelegen, das Thema zu wechseln – „kann es dir auch passieren, dass du von Frauen angebaggert wirst, hast du darüber schon einmal nachgedacht? Ein Besuch in einer Schwulen- und Lesbenkneipe oder auch in einer Kneipe ausschließlich für Lesben kann das sogar noch ein bisschen forcieren. Aber auch auf der Straße kann dir das passieren, du musst nur ein paar entsprechende Signale aussenden."

„Frauen?"

„Na ja, du behauptest ja, dass du nicht schwul bist. Wenn das stimmt und du dich weiterhin ausschließlich zu Frauen hingezogen fühlst: es gibt auch Frauen, die sich zu Frauen hingezogen fühlen, vielleicht hast du davon schon einmal gehört."

„Und was geschieht, wenn solche Frauen herausfinden, dass unter diesem heißen Sekretärinnenrock etwas hängt, was unter einem Sekretärinnenrock nur selten zu finden ist?"

„Erstens weißt du gar nicht, wie oft soetwas unter einem heißen Sekretärinnenrock hängt. Und zweitens: Dann freuen sich diese Frauen, weil sie ihre Dildos und Vibratoren einmotten können und nicht mehr darauf achten müssen, dass ihr Gleitgel nicht ausgeht. Das vereinfacht das Leben ungemein – und alles andere ist an dir ja so weiblich, wie es nur sein kann."

„Mit Ausnahme meiner Silikontitten."

„Okay, aber daran können wir ja noch etwas ändern."

Alex überhörte das. „Will eine lesbische Frau denn nicht eine *richtige* Frau? Ich meine, mit Vagina und allem?"

„Wieso? Was soll sie damit anfangen? Lesbischer Sex braucht immer Hilfsmittel, wenn beide zum Höhepunkt kommen wollen. Nein, nein, meine kleine, heiße Marie, du bist das non plus ultra für die lesbische Frau, glaub mir. Eine attraktive, sportliche Frau mit einem natürlichen, vielseitig einsetzbaren und voll funktionstüchtigen Dildo – das ist perfekt!"

Alex nickte. Das klang logisch. Und plötzlich spürte er wieder, wie es warm wurde in Maries Höschen.

Da trat Eva nahe an ihn heran. „Das ist ja Kopfkino vom allerfeinsten, was ich da gerade sehe." Sie legte ihre Hand in seinen Schritt. „Oh, aber es ist *nur* Kopfkino. Da unten dagegen ..."

Sie hob seinen Rock hoch und ließ ihre Hand in Maries Höschen gleiten. „Heiß!"

Sie hob ihren Kopf, sah ihm ins Gesicht. Ganz offensichtlich musterte sie das Makeup – Lidschatten, Wimperntusche, Lippenstift. „Mehr als heiß!!!"

Dann trat sie noch näher, hob den Kopf und küsste ‚Marie' auf die geschminkten Lippen. Aber dieser Kuss hatte nichts von der Zärtlichkeit, mit der sie sich sonst geküsst hatten. Dieser Kuss war begehrlicher. Fast sofort drang ihre Zunge in seine Mundhöhle ein und durchwühlte sie. Ihr ganzer Körper drängte sich an den seinen, ihre Hand in seinem Höschen begann, an dem PVC-Rohr zu zerren.

Sie zog ihre Zunge wieder zurück, küsste seine Wange, glitt weiter, küsste sein Ohr und fuhr mit der Zunge hinein, wühlte darin herum, kehrte zu seinem Gesicht zurück, küsste seine Augen, leckte sie. „Wimperntusche, hm, lecker!" Immernoch zerrte sie an dem Keuschheitsgürtel, während sie weiter über sein Gesicht leckte und küsste – „Rouge, hm, lecker!" – und zu seinem Mund zurückkehrte, in den sie erneut eindrang.

„Greif mir in den Schritt", flüsterte sie plötzlich, während ihr Mund für einen Augenblick in der Nähe seines Ohrs war.

Alex hatte die Augen geschlossen, ließ sie gewähren, begann es zu genießen. Noch immer war er unbefriedigt und seine Erregung wuchs schnell. Vor allem wenn diese Zunge in ihn eindrang …

Er fuhr mit seiner Hand in ihre Hose, ertastet den oberen Saum ihres Höschens, fuhr hinein – und wäre fast zurückgeschreckt: das Höschen war prallvoll mit dem Dildo, den sie offenbar die ganze Zeit schon getragen hatte. Und das Höschen war, wie er jetzt bemerkte, kein zarter Damenslip, sondern ein Herrenslip, in dem genug Platz war für den Dildo.

„Los", drängte sie, „nimm ihn in die Hand!"

Er öffnete ihre Hose, so dass sie herunterglitt, griff dann nach dem Dildo, nahm ihn in die Hand, schob den sportlichen Slip etwas hinunter, streckte den Dildo ganz aus, so dass er nun steif von ihrem Unterleib abstand. Und dann begann er, ihn zu wichsen. Augenblicklich wurde Eva wilder. Immernoch küsste sie ihn, nun begann sie, eine seiner Brüste zu kneten. Die Hand, die das PVC-Rohr malträtiert hatte, fuhr nun nach hinten, suchte die Öffnung dort – und drang ohne Vorwarnung ein.

Alex machte einen Satz, als wollte er ihrem Finger entkommen, aber der blieb, wo er war. Drang eher noch tiefer ein. Alex fuhr wieder nach vorn und stieß gegen Evas Körper mit dem Dildo, den er noch immer in der Hand hielt.

Eva begann, ihren Finger in seinem Hintern zu bewegen. „Siehst du", flüsterte sie, während sie mit der Zunge in seinem Ohr spielte, „soetwas kann eine lesbische Frau. Mit der Zunge, mit den Fingern …"

Alex wandt sich. Seine Erregung wuchs mit jedem Augenblick, aber das PVC-Rohr verhinderte, dass auch sein Schwanz wuchs. Es war seltsam. Die Erregung schien plötzlich seinen ganzen Unterleib zu durchdringen, konzentrierte sich nicht, wie sonst, nur auf seinen Schwanz. Er zitterte. Sein Unterleib fühlte sich an, als würde ein Schwarm Bienen darin herumschwirren.

Er begann wieder, den Dildo zu wichsen – doch da entzog sich Eva ihm. Sie machte einen Schritt zurück, fasste sich an den Hals und löste den Schlüssel von der Kette. Dann griff sie nach dem Keuschheitsgürtel, öffnete das Schloss, entfernte es aus der Öse, zog den Stab heraus, der Rohr und Ringe zusammen hielt, und zog das Rohr von seinem Penis. Der sprang sofort hervor – er war feucht und rot und steif und wuchs in Sekundenschnelle. Schon begann er zu zucken, doch Alex hielt sich zurück – nichts verschwenden!

Eva nahm Alex an der Hand. „Komm, Marie", flüsterte sie und führte ihn die Treppe hinauf ins Schlafzimmer. Mit einem einzigen Griff entledigte sie sich dort ihres Jacketts, der Strumpfhose und des nun sichtbaren Herrenslips und hinderte Alex zugleich daran, dasselbe zu tun. ‚Marie' sollte ihre Kleider anbehalten. Dann zog sie ihn auf's Bett. Dort legte sie sich auf den Rücken. Noch immer hatte sie ihn an der Hand und flüsterte nun: „Leck mich, Marie!"

Alex spreizte ihre makellosen Beine und näherte sich gierig dem Venushügel. Eva zuckte schon, bevor er ihn überhaupt erreicht hatte. Er hielt sich mühsam zurück, ging sanft vor, konnte sein Begehren aber nur schwer zügeln. Erst küsste er sie, dann leckte er, schließlich ließ er seine Zunge in sie eindringen. Eva stöhnte und zuckte. Sie dirigierte ihn und schien währenddessen schon ihren ersten Orgasmus zu bekommen.

Auch Alex' Schwanz begann zu zucken – zu lange hatte er warten müssen, zu viel war aufgestaut. Alex beherrschte sich mühsam, während Eva schon ihren zweiten Orgasmus bekam.

Dann fasste sie ihn an den Händen. „Komm!", sagte sie, „und jetzt machen wir, was lesbische Frauen nicht miteinander, sondern nur mit dir machen können."

Sie veranlasste Alex, sich auf den Rücken zu legen. Sein Schwanz stand prall nach oben gerichtet, war so hart, wie er nur sein konnte, und sonderte bereits erste Lusttropfen ab.

„Das ist besser als Gleitgel", kommentierte Eva voller Gier, während sie sich langsam auf dem Stab niederließ, ihn umschloss, bis er ganz in ihr verschwunden war. Sie ging extrem vorsichtig vor, wollte ihn noch einen Augenblick spüren, und Alex konnte sich noch zurückhalten.

‚Maries' weiter Rock war über das Bett ausgebreitet, er spürte die Stiefel, die er noch immer an den Füßen hatte, das Nylon an den Beinen und den ‚Busen' unter dem Shirt, dessen Gewicht nun auf seiner Brust lag und auf den Eva ihre Hände gelegt hatte. Er spürte den Lippenstift auf seinen Lippen und die Ohrclips an seinen Ohren – und für einen Augenblick war er wie betäubt von diesem ungewöhnlichen Bild.

Und dann, ganz plötzlich, griff sie zu. Die Muskeln von Evas Vagina schienen den Penis an seiner Wurzel packen und abschneiden zu wollen, so wie die Gottesanbeterin während des Akts dem Männchen den Kopf abbeißt. Eva griff zu und Alex explodierte. Sein Schwanz zuckte und pulsierte und schoss das Sperma heraus wie ein Vulkan die Lava in die Luft schießt. Und das Zucken und Pumpen und der heiße Magma-Strahl nahm kein Ende, all die aufgestaute Erregung bahnte sich nun ihren Weg hinein in die Grotte, deren Eingang noch immer konvulsivisch zupackte, immer und immer wieder, als wollte sie den Schwanz melken wie den Euter einer Kuh. Erst als das Pumpen endlich nachließ und der Strahl versiegte, als die Eruption langsam verebbte, packte auch sie nicht mehr so hart zu, wurde langsamer und sanfter. Nur einmal noch griff sie voll zu, und Alex stöhnte auf, weil eine letzte Eruption erfolgte, die ihm durch den gesamten Unterleib fuhr.

Nach einer endlosen Zeit der langsamen Entspannung glitt Eva vorsichtig von ihm hinunter und legte sich neben ihn. Sie schwitzte, ihr Gesicht war gerötet, aber sie lächelte entspannt und glücklich. Sie hatte die Augen geschlossen und schien andächtig in sich hineinzuhorchen. Noch einmal, zweimal zuckte ihr Leib, ihre Gesichtszüge verkrampften sich kurz wie in einem Schauer. Dann war es auch bei ihr vorbei.

Aber der Vulkan, dessen war sie sich ganz sicher, war nicht erloschen – er schlief nur. Sie würde schon dafür sorgen, dass es zu weiteren Eruptionen kam! Und wenn irgend möglich, sollten sie an Intensität zunehmen und nicht wieder nachlassen! Nie wieder!

Inhalt

Überraschung – Was bisher geschah	5
Ende des Spiels	9
Der Morgen danach	24
Auf dem Catwalk	36
Hand im Schritt	54
Wie ein Vulkan	64
Hinweise auf weitere Crossdresser-Erzählungen von Catherine May	78

Von Catherine May sind in diesem Verlag bisher erschienen:

„Neun Tage Frau – Teil 1"
197 Seiten
ISBN: 978-3-7392-2829-7
erhältlich als Taschenbuch und als E-Book

„Neun Tage Frau – Teil 2"
190 Seiten
ISBN: 978-3-7392-2999-7
erhältlich als Taschenbuch und als E-Book

„Im Kleinen Schwarzen. Erotische Erzählung"
64 Seiten
ISBN: 978-3-7412-7242-4
erhältlich als Taschenbuch und als E-Book

„Im Kleinen Schwarzen – Teil 2. Erotische Erzählung"
64 Seiten
ISBN: 978-3-7431-2847-7
erhältlich als Taschenbuch und als E-Book

Die Reihe „Crossdresser-Erzählungen" wird fortgesetzt.

*Verlag und Autorin freuen sich über Rückmeldungen
auf www.bod.de/shop und anderen Buchhandelsseiten
im Internet.*